隔壁家的小腳阿嬤

林羽穗◎著

封面插圖◎超感動

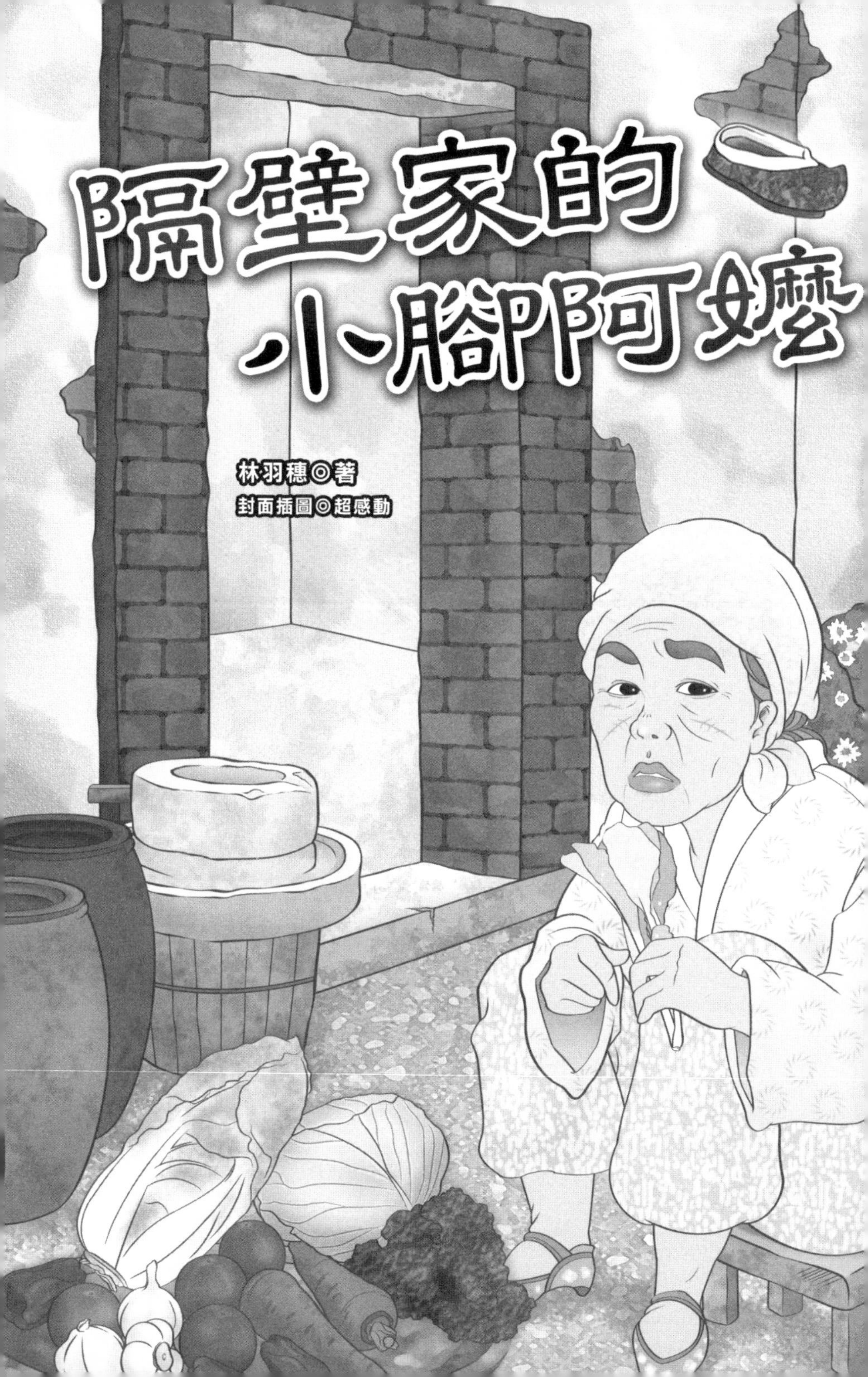

人物介紹：

阿滿婆：

農莊中人人害怕的老婆婆，每次看到她那兩隻小到不行的腳，即使同情她的處境，卻又被她兇惡的外表嚇到而不敢接近她。別人不知道的是，在她戴著面具的表面下，也藏著一顆你我都有的「真心」。

王志文：

是個天性樂觀開朗活潑的小孩，對於別人請他幫忙的事，總是義不容辭一定要做到最好，也可以說是個完美主義者。志文的父親長期在美國工作很少回家，平常與母親相依為命的他，更具有體諒他人，處處為人著想的心態。

廖世華：

世華是志文最要好的朋友，兩人常常一起玩耍做作業，他雖然是班上的優等生，但一點自大的行為都沒有，同時也是班上的班長。世華家中務農，父母都是平凡純樸的農人，生活簡單平靜。

張鐵木：

光復村的警察局所長，一直以身為光復村民為榮。十年前他第一次來到這個環境優美的農莊就深深愛上這個地方，因此，他不允許有任何一個人破壞光復村的完美形象，當他看到阿滿婆怪異的性格及行徑，就一心想把她趕出光復村。

陳秀娟：

志文的母親，心地善良、溫柔賢淑，又能燒出一手好菜。她和志文的個性頗為相似，懂得為他人著想。丈夫長年在外工作讓她心情低落，但表面上仍舊裝得很堅強，就是不願意讓關心她的人為她擔心。

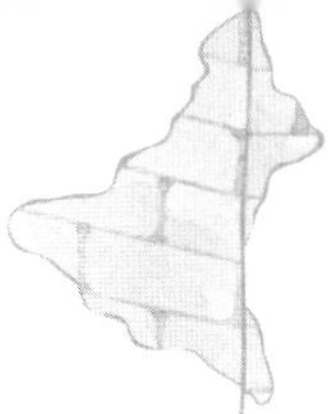

目次

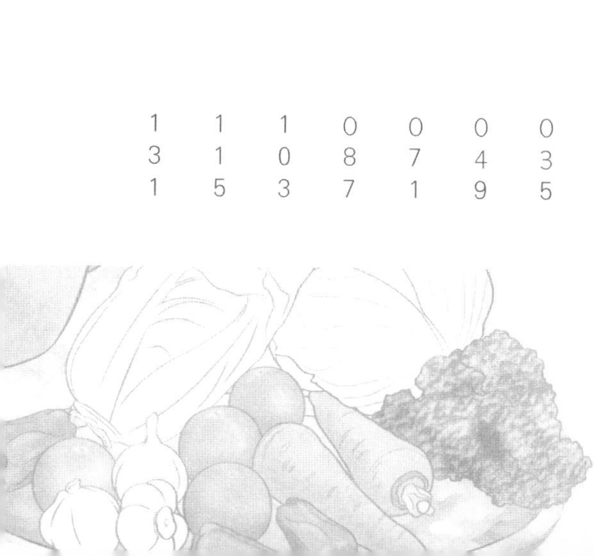

第一章

戶外教學

隨著音樂老師輕快的彈奏，風琴聲立即瀰漫在光復國小甚至幾里之外。光復國小是光復村唯一的國小，沒有圍牆的約束，全校師生加起來不過六十幾個人，是一所典型的農村小學。

「喂！王志文等等我啦！」廖世華上氣不接下氣的邊跑邊說。

「你可不可以不要每次下課都衝那麼快，你不知道要跟上你的腳步很難嗎？『漏咖』！」

志文轉過頭看著滿臉通紅的世華說：「沒辦法，我如果現在不趕快去福利社，草莓口味的枝仔冰就會被搶光，所以當然得用上我這雙無敵飛毛腿。」

看到世華的眼鏡竟然在不知不覺中歪向一邊，看起來像個不折不扣的書呆子。

志文停下腳步便開始哈哈大笑，笑到眼淚都掉出來了。

「哈哈哈哈哈！笑死我了，你應該看看你那副德行。喔！笑到我肚子快痛死了。」

志文漸漸冷靜下來，但還是一直斷斷續續的竊笑。

「有什麼了不起！總有一天我一定會跑得比你還要快！」世華一邊將眼鏡調整好，一邊對志文說。

就如同一般的男孩一樣，喜歡接受挑戰，志文就大方的說：「好啊！我等著那天的到來，你加油啦！」

噹噹噹噹！上課囉！依舊是志文跑前面，世華在後面追，奔跑的腳步聲，伴隨著蟲鳴鳥叫。

「ＹＥＳ！安全上壘。」志文把剩下半枝的枝仔冰吃下去邊說著。

世華喘噓噓的說：「唉！雖然我總有一天會跑贏你，但枝仔冰也應該分我吃一口吧！小氣鬼……」

「那是你跑太慢，不能怪我唷！」

「你……給我記住！」

兩人看著對方笑了出來，這幾乎這個夏天每天都在上演的戲碼。

正因為沒有那些藩籬的束縛，光復國小的教學制度也跟著提倡自然。校長認為：「為什麼上課一定都要侷限在教室裡面？多舉辦一些戶外教學，不僅可以振奮那些愛打瞌睡的學生，同時也能讓學生深刻體驗到所謂的『自然環境』到底是什麼。除了在課本之外，附近的山丘、小河或是生物等等，都可以是學生學習的內容。戶外充滿學生所不知道的新事物，等著學生去一一探索。」

「安靜！已經上課了，不要再講話了，快點回到座位上去。這堂課要考試耶！」世華盡到班長的責任，用心督促著班上的同學。

大家心不甘情不願的回到位子上，有的人拿出課本臨時抱佛腳，就像志文；有的人自信滿滿，期待著老師把考卷發下來，然後發現自己都會寫，就像世華；也有的人一點都不在乎，好像考零分也無所謂。

「同學們應該多學學班長！要用功讀書，將來才會有好的成就啊！」班導劉老師邊發考卷，邊說著。

「又不是每個人都是讀書的料。」志文心裡暗暗想著。

因為考試的關係，這堂課對大多數同學來說都很漫長。

終於，下課的鈴聲響起。志文鬆了一口氣，只要再多一分鐘，他肯定倒頭就睡。

同學們紛紛交上考卷，世華將考卷整理好交給老師後，就來到志文的座位邊。

「拜託！你也太誇張了！」

「數學其實很有趣，而且你不覺得學會以後有一種很大的成就感嗎？」世華興致勃勃的對志文說。

志文無法了解為什麼好朋友竟然能夠對這種無聊的科目如此熱衷，他只是搖搖頭對世華說：「班長大人——超級優等生——我完全沒辦法理解為何你會喜歡這麼無聊的科目。」

說完後，志文打了一個好大的哈欠，又繼續說：「還好下節課是我最愛的自然課，又可以到校外探險囉！」志文開心的說。

今天自然課的主題是「蚯蚓」，自然老師要大家到田裡去翻土，各抓一隻蚯蚓回來做觀察。

班上很多女生都哇哇大叫，紛紛說出「好噁心」、「好可怕」、「我才不要」這些字眼。不過最令志文感到好笑的是，他的好朋友世華這時竟和那些女同學們站在同一陣線上。

「哈哈哈！廖世華你這個膽小鬼！」志文毫不留情的大笑起來。

「隨你怎麼說，總之我不可能去抓那個軟軟滑滑的東西。」世華堅持的說。

「快點過來啦！不然你要讓我自己一組嗎？」志文催促著世華。

世華面有難色的說：「求求你饒了我吧！我實在沒有辦法鼓起勇氣……」

志文嘆了一口氣便說：「好啦！好啦！隨便你！你都不知道牠們有多可愛，我一點都不想欺負牠們！」

自然老師說，就算把蚯蚓截成兩半，牠們還是可以繼續活下去，班上大多

數男生聽到後都躍躍欲試。志文覺得這實在太殘忍了，知道了就好，何必再證實一次。

「廖世華你放心啦！我只是研究一下就好，絕對不會在你面前『殺生』。」志文心疼的說：「牠們真的好可憐……」

戶外教學結束後，老師讓大家直接放學。

現在正值六月底，炎熱的夏天即將來臨，幾乎天天都是好天氣，同學們伴隨著美麗的夕陽搭配長長的影子走在田邊小路上，回到溫暖的家。

光復村風景秀麗，綠油油的稻田襯托綿延不絕的山谷、清澈的小溪和隨處可見的野生桑葚樹。夏天的時候，村民們就把桑葚樹做為光復村的「村樹」。

不過，最讓居民引以為傲的，就是那「現代桃花源」的美稱。在光復村，即使半夜門不上鎖也不用害怕會有小偷，村民各個和藹可親不會道人長短，有困難也必會爭先恐後的伸出援手，這就是光復村，一個典型的小農村。

沒錯，光復村就是這樣的典型！簡單的農莊生活、自給自足，可以說是不食人間煙火。

誰說住在鄉下就是土包子不懂人情世故，光復村人擁有都市人所謂的聰明才智、圓融手腕，還有人人皆備的惻隱之心，特有的純樸安分性格，這就是一個典型的光復村民。

村民若是到外地去，總是很自豪的說：「你好！我叫某某某，我來自光復村！」

第二章

秘密基地

志文面色凝重的問：「世華，你覺得美國是個什麼樣的地方啊？」

「聽我阿公說，美國比我們大好幾百倍耶！」世華好奇的說。

「而且他們的零食跟我們完全不一樣！光是巧克力就有好多種，真想每種都吃吃看！」

「怎麼了？你爸爸這個月又不能回家啦？」說完這句話，世華立刻後悔了。志文的爸爸長期在美國工作，剛開始每半年都會回家探望志文和志文的母親秀娟姨；但隨著去的時間越長，志文的父親回家次數相對也越少。

「啊……我是說他這個月工作比較忙是嗎？」世華帶著後悔的心情偷瞄著志文，小聲的問著。

「我都在想有什麼地方會比我們光復村好？」志文語重心長的說。

「好了啦！不要再想了！看看眼前這麼美麗的景色，心情要放輕鬆一點！」現在志文和世華兩人正在自己的「秘密基地」。大概在一個多月前，志文和世華到山上散步，無意間發現一條被雜草遮蓋住的小路，走進去一看裡面

是一棟兩層樓的小木屋，目前已經荒廢沒有人居住了。

兩人在好奇心驅使下，走進了屋內。屋子裡空蕩蕩，除了一張老舊的沙發和壞掉的電視，就沒有其它東西了。不過，當他們走上二樓後，卻被眼前美麗的景致所吸引，窗外那幽美的森林，一棵棵錯縱亂中有序的樹木，還有那藍天，襯托著各種不同形狀的白雲，簡直就是一幅完美的風景畫。

因為迷戀小木屋窗外的景色，志文和世華合力將木屋大掃除，他們把舊沙發搬到二樓，志文又從家裡帶來不要的小凳子。從此以後，這間小木屋就成了兩人的秘密基地。每當考試考差的時候、被媽媽罵的時候、心情不好的時候，他們都會到這裡打開窗戶，吸收森林芬多精，調適情緒。

「我很想問他，到底我和我媽比較重要……還是工作比較重要……」志文望著窗外。志文的思緒拉到了三年前，爸爸說要到美國工作時，媽媽當時表面上雖然表現得很開心，但卻被志文發現當晚媽媽一個人坐在客廳默默的哭泣，那種心酸現在想起來依然讓他心有不忍。

「不過換個方面想，你爸他也是為了讓你和秀娟姨過更好的生活，才會那麼賣命的工作啊！」世華安慰著志文說。

「也許吧！我只是不想再看到我媽半夜偷偷爬起來哭……」志文難過的說。大概一個多月前，志文終於鼓起勇氣問媽媽：「媽，妳覺得妳現在快樂嗎？」秀娟姨似乎被志文的問題嚇到了。

「傻孩子！你問這什麼問題啊！媽媽怎麼可能會不快樂呢？」秀娟姨刻意的說。她繼續說道：「你爸爸在美國辛苦工作供我們過好日子，我在家整天悠閒的做做小點心，替你織織毛衣，過得可清幽的呢！」志文感覺到母親現在正在勉強自己做出開心的樣子。

「所以，妳喜歡這樣的生活嗎？」

「喜歡只有我們兩個相依為命的日子，然後我每天晚上幾乎都要看妳邊織毛衣邊哭泣……」志文氣憤的流下眼淚。

「志文你誤會了，媽媽是因為眼睛不好、容易痠，才會流眼淚的……」秀

娟姨努力的解釋。志文的情緒開始激動起來：「媽，妳明明就很想念爸爸，為什麼他每次不能回來妳都不生氣，還表現出一副無所謂的樣子？」

「我要讓他安心工作，要讓他覺得我們過得很好，他可以不必為我們操心！」秀娟姨說著說著便低下頭走進房間。志文又哪裡不知道母親的用心良苦，可是他一點都不想再看到她陷在思念的煎熬中。而他又何嘗不想念爸爸？外公總是說他像媽媽，永遠只會替別人著想，自己的事就放一邊，好像完全不重要。這天晚上，他夢見了全家都到了美國居住，夢裡的媽媽笑得好開心，站在窗明几淨的廚房準備早餐。

「志文快點來吃早餐，今天是你最喜歡的巧克力麵包加牛奶唷！」媽媽溫柔的輕喚著他。

「秀娟，我們這個假日全家一起到黃石國家公園玩好嗎？搬來這裡這麼久了，也應該到美國的著名景點參觀參觀。」爸爸提議著。

「當然好啊！趁著休假出去走走也不錯！」媽媽臉上露出開心的表情，幸

福洋溢。於是，夢中的場景就跳到他們出外郊遊的那一天。

「爸，我怎麼覺得這個地方特別眼熟？這裡真的是黃石國家公園嗎？」志文疑惑的問著。

「對啊！你沒有看到那乾淨的小河，綠油油的稻田，還有兩旁的桑葚樹嗎？」志文的父親回答道。

志文接著說：「喔！原來黃石公園是這樣的喔！」他們走著走著，來到一間四合院住宅，志文覺得越來越奇怪了，美國不都是洋房，怎麼會有台灣的建築？

「志文，我們到家囉！」爸媽看著他，露出微笑。志文睡眼惺忪的張開眼睛，他坐起身來看看時鐘，凌晨五點。他仔細回想夢境的內容，發現夢中的黃石公園、四合院就是他所居住的光復村，還有他溫暖的家。

也許這個夢是想告訴他，即使他離開了光復村，也永遠是村莊的一份子，而且再怎麼富裕的生活、寬敞的洋房都比不上光復村的美景。最重要的是，爸

爸也出現在夢裡，表示他們全家是在一起的。

志文把這個夢告訴世華，世華也覺得是老天爺在告訴志文，他爸爸有一天一定會回來光復村和他們一起生活的。不過經過這次與媽媽的爭執後，志文更加明白母親心裡的苦衷。為了要讓她放心，也只好睜一隻眼閉一隻眼，假裝媽媽很快樂、假裝都沒看見媽媽在……

「現在，我能做的就是盡全力做個乖兒子，不要讓她擔心我。」志文對世華說。

世華感動的說：「你唷！就是這麼會替別人著想，難怪班上的女生都那麼喜歡你！」

「廖世華你很無聊耶！好了，不說這些了！」志文伸了個大懶腰，露出了笑容。或許這是一種規律性吧！志文發現每當他情緒很低落時，只要來秘密基地，跟世華吐吐苦水，再看看窗外的美麗風景，不久後又會重拾好心情，覺得前途一片光明。類似的情況一而再、再而三的循環。

「欸！你有沒有想過，到底誰會放一間好好的房子在這邊啊？」志文問著世華。

「我哪知道？也許是搬走了吧！」世華不怎麼在意的說。

「可是你不會覺得很怪嗎？這間小木屋論環境、地點都很優秀！即使平常沒有人居住，應該也會被當作渡假小屋，怎麼會空在這邊？」志文越想越困惑。

「你很無聊耶！想這麼多幹麻，快來吃餅乾啦！」

「對了，說到這個，你有告訴你媽這個木屋的事嗎？」世華邊吃著秀娟姨做的手工餅乾邊問道。

「沒有！我不打算跟她說，因為這裡比較偏僻，我怕她以後不准我們來。」

「是喔！我也沒說耶……那麼就把它當作一個永遠的祕密好了，哈哈！」世華開懷的大笑。志文也跟著笑了起來，剛剛的不愉快已經飛到九霄雲外。志

文想到他有一位溫柔的母親，一位真心的好朋友，還有一位雖然不在身邊卻默默守護自己的父親，最開心的是他住在一個美好的小農村，還擁有一個清幽的秘密基地。頭一次，志文感到如此的滿足。

世華看到志文的心情已經漸漸平復下來，也就放心了。他看了看暑期計畫表對志文說：「我想暑假我們應該會有大半的時間都在這邊！」

「對啊！我想再多帶一點東西過來，讓秘密基地變成一個小型渡假村！」志文興奮的說。

世華說：「你只要再請你媽多做些點心就好了！」第二學期進入了尾聲，這個暑假過後，志文和世華就即將要升上高年級了。在他們心中一直認為，高年級應該要有自己的規範，不僅在課業上要多用心，還要做好榜樣給底下的中低年級學生看，就不由得感到有些壓力。

「老師說高年級會變得很忙！跟現在差很多。」世華擔心的說。

「會不會有一天，我們因為自己的事各忙各的，變得很少有時間在一起……」志文看著世華憂心的表情後便說：「班長大人，你是害怕以後都沒時間過來秘密基地嗎？」

「你儘管放一百二十個心吧！」志文肯定的對世華說。

「我們又不是每天都要待在學校，雖然幾乎天天都是整天，但還是可以在星期天的時候來啊！」

「但是到秘密基地的時間就相對少了很多……」世華有些沮喪的說。

「而且我媽媽要我以後多陪陪我弟弟，在家的時間也會相對變多。」世華停頓了一會兒接著又說：「說真的，我比較喜歡在秘密基地讀書，安靜沒有人打擾。」

志文見狀便說：「你是怎麼了，現在換你心情降到谷底囉！你不要這樣想嘛！大不了以後星期日我們在這邊待一整天，從早到晚！好嗎？」

「怎麼搞的！變成你在安慰我了啦！」兩人又再次相望哈哈大笑。

就在這個時候，有一雙眼睛，正從遠處看著他們。

第三章

噓！阿滿婆來了！

「我要買新的尪仔標啦！買給我！買給我啦！」世華五歲的弟弟世奇邊哭邊和媽媽文珠姨吵著。

「妳都買一套的百科全書給哥哥，為什麼我都不可以買最新款的尪仔標？不公平、不公平！」世奇開始抱怨。世華與弟弟世奇差了五歲，由於世奇患有天生的氣喘，從小父母對他就特別呵護。但父母有自己的原則，他們不願意當那種事事都順著孩子的家長，養成小孩的壞習慣。

「你之前不是才買了一套太空戰士的嗎？為什麼又想要新的？」文珠姨質問世奇。

「可是現在有新版的旋風小飛俠耶！我不管，反正我一定要啦！」世奇開始耍任性，並使出他的「絕招」，躺在地上大哭大鬧，聲音大到連住在隔一條街的鄰居都聽得見。

「你不要再吵了！再鬧下去我就叫阿滿婆把你抓走！」文珠姨嚴厲的說。

一聽到阿滿婆，世奇趕緊閉上嘴巴，站起身把眼淚擦乾，他一想到阿滿婆

那張兇惡的臉他就害怕，馬上乖乖的到客廳看電視了。

阿滿婆是住在志文家隔壁的一個獨居阿嬤，平常獨來獨往的，和其他的村民完全沒有交集。她臉上有兩道類似刀子劃過的傷痕，加上她不苟言笑的性格，使她看起來更可怕。最令志文感到疑惑的是，阿滿婆走路的姿勢總是一跛一跛的，而且她的腳非常非常的小，甚至比小寶寶的腳還要小。

「一定要這樣你才會聽話！快去吃藥吧！」文珠姨一邊炒著自家種的高麗菜邊說。

「好吧！那我吃完藥可以吃一顆汽水糖嗎？」世奇睜大眼睛祈求文珠姨。

「唉！真拿你這孩子沒辦法！」文珠姨無奈的說。

世奇開心的邊拍手邊跳著說：「我就知道媽媽對我最好了！」

「那還不快去吃，真是狗腿！」文珠姨催促著。

文珠姨的心思不知不覺轉移到阿滿婆身上，其實她也很納悶，以前她與鄰居們多次到阿滿婆家拜訪，想要關心她，不過都被阿滿婆冷淡的拒絕了。同樣身為女人，她總覺得可以從阿滿婆兇狠的面貌下看出她眼中的悲傷，但阿滿婆的防衛心很強，文珠姨也一直無法讓她敞開心房，久而久之，大家對阿滿婆的個性也就習以為常。

「媽媽，我覺得阿滿婆好恐怖！妳可不可以叫她搬走啊？」世奇認真的問起文珠姨。

「你藥吃完了嗎？不要在那邊想東想西的！」說真的，文珠姨覺得阿滿婆的存在對村莊來說沒什麼大不了的，但對警察局的所長張鐵木來說就不是這麼回事了。張鐵木在光復村派出所擔任所長已經將近十年了。十年前他一到光復村，立刻注意到這個奇怪的老太婆，他一直覺得阿滿婆的存在會敗壞光復村的風俗，三番兩次聯合少數村民想把阿滿婆趕走。

幾年前有個小孩子被阿滿婆嚇到不敢出門，於是張鐵木就借題發揮，甚至還召開「村民大會」，說阿滿婆存心不良，害得村裡的小孩都養成膽小個性。

文珠姨現在回憶起來，還是覺得當時張鐵木的行為太超過，對於他帶領呼

喊的口號，她仍舊記憶猶新。

「驅除邪惡！讓光復村恢復光明！」但是這幾個字對文珠姨和村裡大多數村民來說都顯得過於誇張。因此，張鐵木口中的「村民大會」參與人數也是寥寥無幾。

「邪惡？人家又沒做什麼傷天害理的事，如果阿滿婆這樣就叫邪惡，那世界上就沒有好人了。」文珠姨不以為意的自言自語。不過阿滿婆根本不把這件事當作一回事，她還是每天都過著自己的生活，不與任何人接觸。

面對張鐵木對她的「控訴」，她也只是一句：「不關我的事！」似乎這些言論對她一點殺傷力都沒有，這點也令張鐵木感到十分懊惱氣憤。

還好村中正義之士仍佔多數，雖然大家都覺得阿滿婆性格怪異，但也不至於造成太大的影響，而且一個老人家若居無定所，也是挺令人同情的。所以張鐵木也無話可說，但他仍然有事沒事就會去找阿滿婆的麻煩，當然沒什麼效果就是了。

這天早上在上學的途中，世華告訴志文自己弟弟任性的行為。

「我媽都已經對他夠好了！他還是一天到晚都在吵東吵西的。」世華無奈的說。

「他還小嘛！而且他又有先天性氣喘，你就多讓讓他吧！」

「不過話說回來，那個阿滿婆真的很恐怖！」世華不由得搓搓雙臂。

「我弟每次鬧脾氣，我媽都會拿她出來嚇唬他。不要說是世奇，連我聽到她的名字都會不由得毛骨悚然！你還記得以前那件事嗎？」

世華想起之前有一次與志文在踢足球時，不小心把球踢到阿滿婆家門口，撞倒了旁邊的花盆。兩人正想要去道歉時，阿滿婆把門打開，手上拿著一根棍子面目兇狠的瞪著他們喊著：「你們這兩個臭小孩，都不會小心一點嗎？」

阿滿婆揮了揮手上的棍子又說：「下次再這樣就把你們統統抓到派出所！」當時世華和志文嚇得趕緊跑走，連球都不要了。世華不由得渾身起雞皮疙瘩，現在想起來仍然心有餘悸。

「我雖然也很怕她，不過我每次看到她的背影都有種落寞孤單的感覺……」志文開始覺得疑惑。

「我才不管什麼背影的，她只要經過我旁邊，三十秒之內，我的四周都平靜不下來！」世華看了看手錶。「天啊！我們快遲到了啦！喂！王志文你怎麼又自己先跑啊？」

「因為我不想錯過第一節的自然課，不知道今天的主題是什麼，真令人期待。」志文興奮的邊跑邊說。

今天自然課的主題是「光合作用」，老師說去過那麼多次的戶外教學，也應該多多少少要了解植物的呼吸過程，所以會先告訴同學們基本的概念。

沒有要去戶外教學讓志文感到很失望，他不喜歡死板板的在教室聽老師上課，實際體驗對他來說才是最有趣的學習方式。他沒有心思專心，一整堂課都在想著阿滿婆，魂都飛到九霄雲外了。

「王志文先生！我都已經叫了你三次了，你到底在想什麼想那麼入神？女

朋友嗎？」自然老師半開玩笑的說，全班立刻哄堂大笑。

「你平常上課不是都興致勃勃，今天怎麼這麼不認真呢？」自然老師陳淑真困惑的說。

「你不能因為沒有戶外教學就這麼不認真啊！給我去外面罰站！」陳老師嚴厲的說。

「是！老師對不起……」志文面紅耳赤的走出教室。

但志文很快就忘了剛才的窘境，他的思緒又回到阿滿婆身上。雖然和阿滿婆做鄰居那麼久了，但都沒有到過她家裡，也不太敢和她打招呼，常常經過她家門口都看見外頭欄杆曬著長長的白布，卻不知道那是什麼。

最讓志文疑惑的還是阿滿婆那雙小腳，他記得媽媽跟他說過，因為以前男生都喜歡女生小腳，所以古時候大多數的女生腳都非常小。「不過這腳也小得太誇張了吧！」志文心中暗自驚嘆。

下課後世華便問志文說：「你是靈魂出竅喔？」

「老師起碼叫你三次了，你一點反應都沒有！」

「是喔！你也知道我想事情常常都會入神！」志文有點驕傲的說，接著問：「欸！世華，你覺得我們找一天去拜訪阿滿婆好不好？」

一聽到阿滿婆三個字，世華的心臟不由自主的顫了一下。

「不了不了！要去你自己去！為什麼你老是有一些奇奇怪怪的想法啊？」世華驚訝的看著志文說。

志文說：「我很好奇她是個怎麼樣的人，說真的我當她鄰居那麼久，我還不曉得她的聲音是怎樣子的呢！」

世華接著說：「不然你先去問所長好了，他最喜歡到阿滿婆家『作客』了！」

「我覺得所長很無聊，他幹麻要找一個老太婆的麻煩，人家跟他無冤無仇的……」志文的同情心又開始作祟了。

「阿滿婆雖然孤僻，但平常她也沒有特別礙到誰，為什麼非得要把她趕走不可？」

「他可能是想維護我們光復村的社會秩序吧！」世華回答道。

「我不認為阿滿婆住在這邊會給我們村子帶來什麼危險！」志文強硬的說。

世華聽到志文的話便小小聲的說：「但老實說我也希望阿滿婆搬走，她真的好可怕唷！」

志文瞪著世華說：「你這個人真是一點同情心都沒有！」

兩人就這樣一直吵，吵到上課鈴聲響起。這堂是音樂課，今天老師講到音樂神童貝多芬，還放錄音帶給他們聽貝多芬名作「命運交響曲」，接著便要每個人訴說心得。

當然，志文從頭到尾都沒在聽，依然在想著剛剛的話題。然後，這是他今天第二次被叫到走廊罰站。

第四章

半夜的嘶嘶聲

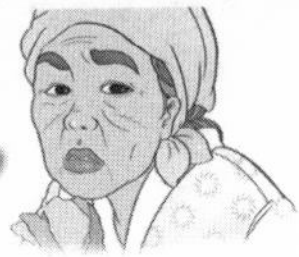

嘶——嘶——嘶——

又是這個聲音，這星期志文半夜不斷的被這種嘶嘶聲吵醒。聲音是從阿滿婆家傳過來的。

「天阿！現在都幾點了……」志文揉揉眼睛聲帶沙啞的說。

「媽，妳還醒著嗎？」沒有回答，看來媽媽已經睡著了，這也令志文鬆了好大一口氣，心中的壓力總算可以放下一些了。

秀娟姨這個月開始去參加了村子為家庭主婦舉辦的廚藝班，常常與附近的婆婆阿姨們一起討論彼此的拿手菜，交換心得，自然而然心情也就變得比較好，半夜在客廳發呆落淚的次數也相對減少許多。話說回來，這個聲音都是在大概凌晨兩點多出現，但過了五分鐘後就會消失。

「淺眠真是不好！這下我又要失眠了……阿滿婆到底在做什麼啊？老人家不是應該都很早睡嗎？還是現在是她的起床時間？」志文自言自語的埋怨著。

「真是有夠討厭的！」志文忍不住發起牢騷。

他嘆了口氣走出房門，既然已經睡不著了，他決定到客廳看看書，於是他隨手從書櫃拿起爸爸的一本地理圖集。

「地圖上短短的幾公分，現實上竟是橫跨一個太平洋的距離！」志文不禁感嘆。

「要是美國離台灣的距離真的像地圖上那麼近就好了……」

志文按捺不住心中對父親的思念，便拿起放在桌子底下的鐵盒，裡頭放的是幾本老舊泛黃的相本。最近媽媽因為廚藝班的關係，翻這些相本的機會也越來越少，這時變成志文要掉進回憶的漩渦中了。

「算了！我還是趕快去睡覺好了！」志文紅著眼眶，努力收回心中即將爆發的激動情緒，趕緊上床就寢。

但就算回到床上，想念爸爸的心情還是不會停止。

這晚，志文的失眠除了那可疑的嘶嘶聲外，還有爸爸的影子始終在他腦子裡盤旋。到了這時候，他只能暗自慶幸，幸好明天是星期日不用上課，他可不想又因為打瞌睡被罰站一整天。

星期日的早晨總是特別美好，可以睡到自然醒，做些喜歡做的事，慵懶的過一整天。對志文和世華來說，秘密基地就是消磨時間最好的地點。兩人今天相約在這邊要一起討論暑假的規劃。

「哈——」志文頂著黑眼圈，打了一個大哈欠。

「哈哈哈哈哈！大貓熊！」世華調侃著說。

「你以為我想這樣嗎？我也很無奈啊！」志文揉揉雙眼說。

「這個月阿滿婆不知道在幹麻？半夜時她家都會傳出奇怪的嘶嘶聲，搞得我一夜不得好眠。」說完志文又重重的打了個哈欠。

「不然你下個星期六晚上到我家過夜就可以體會我的痛苦了！我們還可以偷溜出去查查看那個聲音到底是什麼！」

世華看著志文搖搖頭說：「去你家住我是很樂意，一想到你媽媽做的菜就

會流口水！不過如果是因為那個阿滿婆就不必了……又不是試膽大會。」

「拜託啦！我想要查這個聲音到底是什麼！你就陪我一次就好了啦！不然我自己一個人也不敢，兩個人一起壯壯膽啊！」志文懇求著。

世華無奈的說：「為什麼你求知的精神都放在這種我無法理解的地方？不是蚯蚓，就是什麼嘶嘶聲的。最奇怪的是你竟然會對一個大家看到都會寒毛豎起的老婆婆有興趣。」

「哪天要是你和我討論數學公式，我倒是很樂意與你一起分享。」世華半開玩笑的說。

志文接著說：「這麼說你是答應我囉！真不愧是我最好的兄弟！」

「根本拿你沒轍好嗎？我也是很無奈的！」說完兩人又相視而笑了。

再次說起志文與世華兩人的友誼，真的有種特別默契。有時候話不用說得很明，只要從一些簡單的對話或是小動作、小表情，就可以知道對方心裡想的是什麼。要擁有這麼有默契的摯友，對許多人來說是可遇而不可求的。

「那就這麼說定囉！」志文露出既期待又緊張的神情。

「是是是，你說了算。」世華附和著說。

這是一個月黑風高的夜晚，初秋的涼意已經漸漸顯現出來。志文與世華今晚吃得可好了。秀娟姨一聽到世華要到家裡來作客，連忙拿出她的幾道拿手好菜，糖醋魚、粉蒸排骨、香菇雞湯等等，十分豐盛。再加上全光復村口味最獨特好喝的桑葚汁做為飯後飲料，對他們來說幾乎可稱得上是滿漢全席了。

「喔——我快要撐死了！」世華一邊摸著肚子一邊哀嚎著。

「我對我媽做的菜可是非常有自信的呢！」志文驕傲的說。

世華打了個飽嗝：「這是全村人都知道的事情，我也時常在稱讚你媽媽啊！她不去當廚師真是太可惜了！」

秀娟姨從廚房裡走出來，脫下圍裙，笑咪咪的對兩個孩子說：「你們都還在發育成長，當然要吃營養一點囉！今天世華難得到我們家作客，本來就應該

煮豐盛一點啊。」

「當秀娟姨的小孩真是幸福耶！」世華用有點撒嬌的口吻對秀娟姨說。

志文立刻舉手回答：「我就是那幸運的小孩！」

秀娟姨被他們倆逗得合不攏嘴：「好了啦！你們嘴巴可真是甜。」說完後，秀娟姨便進房整理衣物。

志文與世華兩人也回到房間，討論著晚上要潛入阿滿婆家的策略。

一關上門，志文就說：「我們就十二點鐘準時出發！」

世華一臉無奈的說：「真的要去嗎？我現在開始感到害怕了耶……」

「平常白天看到她就覺得很可怕了，更何況是三更半夜的時候。」

「不管啦！反正我今天一定要查出那讓我失眠的原因到底是什麼。」志文堅持的說。於是，兩人決定從志文家的後門出去，翻越圍牆到阿滿婆家，到時候再找尋聲音的來源。

時鐘滴答滴答的響，兩人的心情似乎也隨著時間越來越近而漸漸緊張，這種「七上八下」的情緒真是令人不快。

終於到了午夜十二點，志文硬是拖著世華往房門口走。世華緊緊抓著志文的手臂，小小聲的說：「王志文，你知不知道我的心臟快要跳出來了！」

「我們根本都還沒出門，你就那麼害怕，等等你要怎麼辦啦！」志文同樣以氣音與世華說話。

「我沒跟你說過我很怕黑嗎？烏天黑地的，為什麼不開燈啊？」

「你這個笨蛋！燈一開我媽不就醒了，到時候就別想偷溜出去了！」

世華實在好希望秀娟姨此時可以醒過來阻止志文，他心裡的恐懼簡直是到了極限，就像是在惡夢中一直醒不過來的感覺。

其實，志文也是非常緊張害怕的，但他已經下定決心要找出那個這一個多月害他失眠的聲音。既然不敢當面直接問阿滿婆，又不想讓最近終於比較開心的媽媽擔心，所以他決定要靠自己解決這個問題。

或許在另一方面，是要滿足他對阿滿婆的好奇心吧！

「你不要再把頭壓在我的肩膀上了，痛死人了！」志文用力的聳聳肩對世華說。

不過這時世華已經說不出話來了，儘管志文想把他推開，他還是死命的抓著他不放。兩人就像連體嬰一樣，躡手躡腳的走進廚房，然後悄悄的推開後門，走到後院。

「快放開我啦！你這樣一直黏著我，我要怎麼翻牆？」志文對著雙腳無力已經癱在地上的世華說。

世華有氣無力的說：「志文對不起，我真的沒辦法，我站不起來了……你要說我是膽小鬼什麼都可以，我在這裡等你，對不起……」

「好啦！你就暫時在這邊等我，外面有路燈比較亮，你也比較不會害怕。」

志文說完後，便獨自翻牆到阿滿婆家的後院。他像貓一樣輕聲落地，暗自覺得自己很厲害，不過回過頭來想，這麼緊張的時刻他還會想到這個，也真是

不可思議。

阿滿婆的後院整理得十分整齊，有許多小盆栽，還有一個種滿草莓的小花圃。

「真是沒想到平常不苟言笑的阿滿婆也有這樣的閒情逸致。」志文不禁在心中驚嘆。

除了小花圃之外，再來就是一直令志文匪夷所思的長布條了。一條條白色的布條掛在欄杆上，隨著風飄阿飄的。志文不由自主的開始沉思，阿滿婆到底是個怎麼樣的人，在她歷經風霜的外表下，藏了什麼秘密呢？

忽然間，嘶嘶聲又出現了，這也使志文回過神來。聲音好像是從阿滿婆家的廚房傳來的。志文順著後院的走道來到廚房的窗前，裡面的燈是亮的，嘶嘶聲不斷的傳出來。

志文從窗戶的細縫偷看，他看見阿滿婆坐在小凳子上拿著白布條將它們撕開變成細細的一長條，發出細微的嘶嘶聲響。爐子上放著一個大蒸籠，蒸氣持

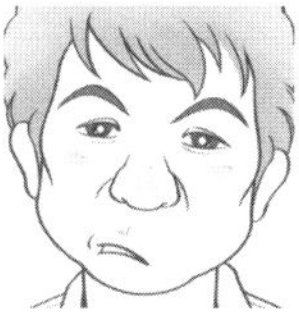

續的冒出來，原來這個蒸籠就是嘶嘶聲的主要來源。

「那個長布條究竟是做什麼的啊？而且阿滿婆幹麻要挑三更半夜蒸東西？」志文心中十分納悶。

正當志文一邊觀察阿滿婆，一邊想像的同時，阿滿婆突然將頭轉到志文的方向，那銳利的眼神似乎已經和他四目交接了。志文嚇了一大跳，差點叫出聲來，他拔腿就跑，也忘了應該要控制音量，連忙衝過阿滿婆家的後院，再翻牆回到自家的後院。

「你怎麼那麼久啊？」世華搓搓雙手，聲帶顫抖的問。

世華攙扶著志文，兩人再輕輕的回到房間，深怕吵醒秀娟姨。

「糟糕了，我想阿滿婆發現我了！」志文剛脫離緊張的氣氛，一時還無法冷靜下來，眼神仍在游移。

世華驚恐的說：「真的假的啊？她有沒有跑出來要抓你？」

「沒有啦！我只是感覺她在瞪著我而已。」志文驚魂未定的說。

「我只能說你真是太勇敢了，光用想的我就覺得可怕了，你還自己偷溜到她家，還與她四目相對！如果這件事在班上傳開，女生們一定會更崇拜你的。」

「你別再調侃我了啦！先說好，這件事只有你知我知，要好好替我保守秘密唷！」

世華吐吐舌頭說：「知道啦！開個玩笑緊張成這樣。」

「話說回來，你不覺得依阿滿婆的個性，看到有小孩子偷跑到她家會很生氣嗎？不過她竟然沒有跑出來罵我，只是隔著窗戶看著我而已。」

「我想可能是因為她腳痛，所以沒辦法站起來抓你吧！」

「那她可以大聲的對我咆哮啊！」

「那就是她喉嚨痛吧！欸！你不覺得你這樣的猜測很無聊嗎？」世華有點不耐煩的對志文說。

但志文仔細想想，阿滿婆既沒有對他大聲嚷嚷，眼神和他相對的時候，他

也不覺得她在瞪他，純粹就兩個人對看罷了，是因為他偷偷跑到人家家裡心虛，才會有那麼大的反應。

「對了，你有發現那個聲音是什麼嗎？」世華問道。

「喔！是蒸東西的聲音。」志文答道。

「不過還夾雜了阿滿婆在撕布的聲音！」

「什麼撕布？」

志文聳聳肩說：「我覺得應該是她平常掛在後院欄杆上的那些布吧！你那麼聰明，怎麼不知道那布是做什麼用的，班長大人。」

「拜託你，王志文先生，我們平常跟阿滿婆又沒什麼交集，我哪裡會知道啊？況且我又不是她肚子裡的蛔蟲。」世華有點沒耐性的說。

志文見狀趕緊說：「吼！開個玩笑而已，別生氣啦！」

世華翻了翻白眼說：「好啦好啦！我才沒有那麼小家子氣勒！」

「那現在請問我們偉大的探險家王志文先生，我們可不可以明天再繼續我

們的討論呢？目前本人已經呈現一個游離狀態了……」

志文點點頭說：「嗯！我們趕快睡吧，晚安！」

「哈——晚安啦！」世華打了哈欠後躺下，沒過多久就呼呼大睡了。

這晚對志文來說是個充滿驚奇的夜晚，阿滿婆的那雙眼睛，在他心中狠狠的烙下痕跡，好像他不去找出其中的秘密就很對不起自己一樣。志文翻來覆去卻無法入睡，滿腦子都在思考阿滿婆這個人，她的過去、她的生活，所有的一切都令他感到好奇。

也許是因為知道嘶嘶聲的來源是什麼，也就沒有再困擾著他，不久後這聲音就消失了。

志文在心中暗自思考了許久，有機會他一定要找出那些白布條的秘密，他就這樣想了一整晚。正因如此，雖然今天沒有受到聲音的干擾，志文卻還是因為他的好奇心而又失眠了。

第五章

地理勘查

四年級下學期即將進入尾聲。

對光復國小的學生來說，最開心的是因為學校人數少的關係，所有同學一到六年級都是同班的，不必面臨分班就會和好朋友分開的感傷，除了要換導師之外。

「各位同學……」劉老師語重心長的站在講台上看著大家。

「這兩年謝謝同學們的陪伴，如今你們都要升上高年級了，應該要做好榜樣給中低年級的學弟妹看！大家加油唷！」劉老師勉勵著台下的同學說。

你我都知道，只要是某個老師上的最後一堂課，就會特別認真。在志文班上當然也不例外，這堂課同學們都認真聽講，不偷聊天傳紙條，連平常上課愛打瞌睡的那些同學都拿起筆記本來做筆記。

看在劉老師眼裡不曉得應該要哭還是要笑。對劉老師來說，最捨不得的還是她的「愛將」廖世華，這個班長不僅成績優秀，又很盡心負責、友愛同學，她常常在班上或是對其他老師稱讚世華，說他以後一定會是個傑出有成就的青

年。

時間匆匆的流逝，一眨眼的時間最後一堂課就這麼結束了，全班起立一同向老師敬禮，謝謝她這兩年來的教誨。

「世華，你不要再難過了啦！」志文安慰著淚流滿面的世華。

「我……我也不想呀……可……可是眼淚就不自覺的掉下來……」世華邊擦眼淚邊說著。

志文見狀後便說：「你一個大男生哭成這樣實在是很難看耶！況且我們又還沒畢業，以後還是可以來找劉老師啊！」

世華點點頭，慢慢的平復心情然後說：「劉老師是我最喜歡的老師，這兩年來她也非常照顧我，她的諄諄教誨對我來說每一句都是很重要的。」

「我當然知道，你也在她身邊做了兩年的班長耶！」志文微笑看著世華說。

「打起精神來吧！我想劉老師一輩子都不會忘記你這個好學生的！」

「嗯嗯！」世華這次用力的點點頭。

暑假就在不知不覺中到來了，天氣越來越炎熱，樹上的蟬也開始鳴叫，展開牠們短暫卻又璀璨的一生。

唧唧唧唧唧——

志文和世華慵懶的躺在秘密基地的木頭地板上，微風拂過他們的臉龐，掛在天花板上的風鈴發出清脆的聲響，再加上夏天不可或缺的蟬鳴，這樣舒服輕鬆的感覺使他們昏昏欲睡。

「哈——哈——真是太舒服了！」志文哈欠連連的說著。

「就是啊！還好我暑假作業已經做了一半了。」世華睡眼惺忪的轉過頭對志文說。

志文聽到暑假作業四個字，精神立刻來了一大半，馬上坐起身來。

「糟糕，我完全忘記有暑假作業這回事了！」志文突然驚醒的說。

「你該不會到現在一個字都還沒寫吧？」世華驚訝的問道。

「哈哈！沒有啦！你晚上要不要來我家吃飯？」志文說得有些心虛。

看見志文這種態度，平常脾氣好到不行的世華忍不住責備他：「你不要想轉移話題，今年我是絕對不會在最後一天幫你寫暑假作業的！每次都臨時抱佛腳。」

「啊……你怎麼突然變這麼激動啊？」志文被世華突如其來的「教誨」嚇到了。

「我要是不這樣跟你說，你會乖乖每天寫暑假作業嗎？」世華嚴厲的直視志文說。

志文唯命是從的回應：「會會會，經過你的『指教』後，我絕對會好好的寫作業。」

「這才像話！」世華說完已睡意全消，拿起手邊的書開始閱讀。

「說到暑假作業，我們是不是有一個作業是要勘查地理地形啊？」

「你可不要跟我說你已經勘查完了耶！」志文問道。

「還沒啦！還不是在等你一起。」世華斜眼看著志文。

志文不以為意的說：「太好了，那我們明天出發！」

「你果然還是對生態自然方面的事比較有興趣。」世華說。

「我對這方面向來特別有興趣呢！」志文信心滿滿的說。

然後世華便說：「那我們就期待明天是個大晴天吧！」

隔天依舊是典型的夏天，艷陽高照。志文與世華起了個大早討論要勘查的路線和計畫。

兩人將世華自製的光復村小地圖攤在志文的床上，志文拿起鉛筆在地圖上作記號。

「所以……我們就先從後山這個小路口進去！」志文一邊轉鉛筆，一邊思索著。

「不可以啦！那條路又沒有被開發過，只是附近的老伯伯為了去菜園方便臨時開出來的，路上又沒有什麼指標，我們也不熟，這樣很危險耶！而且後山向來人煙稀少，你難道都不會害怕嗎？」世華擔憂的問。

「吼唷！沒有關係啦！既然平常有阿公阿嬤在走表示很安全，沒問題、沒問題。」志文慫恿著世華要他安心。

「都給你說就好！到時候要是迷路就欲哭無淚了。」世華無可奈何的說。

志文根本沒把世華的擔心放在心上，他覺得世華好無聊，每次都要去操心一些有的沒的。

於是，志文自顧自開心的說：「ＹＡ！太棒了！我們可以去探險囉！」

世華感嘆的說：「唉！我說的話你根本沒聽進去。」

「感覺你的暑假作業好像只有這項一樣！」

「這個冒險結束後，我會全力以赴好好寫其它作業的！」志文敷衍著。

「你說的都比唱的好聽啦！」世華調侃的說。

志文完全把世華說的每一句話當成耳邊風，現在的他已經開始蠢蠢欲動，他只想趕快出發探險，尋求他在找的那份刺激感。

「ＯＫ！ＯＫ！走吧！走吧！」志文興奮的衝出門外。

「廖世華你快一點啦！慢吞吞的。」

世華用應付的口氣對門口的志文說：「好啦！也只有這種時候你會特別積極。」說完，世華便小跑步跟上志文的腳步。

一路上他們經過綠油油的稻田，依偎在兩旁的桑葚樹個個長出飽滿的果實，藍藍的天空中有鳥兒寧靜的飛翔，艷陽照射在光復村每個角落，使光復村各處都充滿了夏天的氣息。

志文與世華來到了山下的小路口。雖然平時這條路有上山種菜的阿公阿嬤會走，但還是因為沒什麼在整理而兩旁長滿了芒草。

「還好我們穿的都是長褲！」志文慶幸的說。

世華開始有點緊張的說：「不曉得會不會有蛇……」

「我們都已經到這裡了，你不准反悔唷！不要像上次一樣臨陣脫逃。」志文說。

世華不耐煩的回答：「知道了、知道了，王志文老大。」

兩人走入芒草叢生的小路，一路上世華一直低著頭，深怕會出現他不想看到的東西，有任何風吹草動他都反應得很大，志文也被他這種緊張兮兮的情緒所影響，被他嚇到了好幾次。

「吼！不要那麼害怕啦！蛇現在都在冬眠。」志文安撫著世華說。

世華答道：「哼！你想騙誰啊！現在是夏天耶！說謊也不先打草稿。」

之後兩人就一直鬥嘴，也因為這樣世華放鬆了緊張的情緒，志文總算可以好好的觀察這邊的生態地形了。

走了好一會兒，他們到了一處空地，這裡叢生著許多樹木，志文看到了綁在樹木上的吊床，應該有人常常過來這個地方乘涼休息。他們再往裡面走，發現四周竟然越來越亮，彷彿是黑暗中的一道曙光。

兩人走過去，被眼前的景色給嚇呆了，這個地方竟然可以清楚的鳥瞰光復村的全景，光復村變得好小好小，他們覺得自己就好像變成巨人一樣。

「哇！沒想到山上竟然會有這樣一個地方！」志文讚嘆的說。

世華回應說：「好吧！我想我現在不後悔剛剛走那段恐怖的路。」

「早知道就不要那麼聽我媽的話，應該有空就上山走走冒險，這樣就可以早一點發現有這個地方了！」志文說。

乖乖牌的世華也同意志文的看法：「這次我認同你！」

他們就這樣坐在石頭上，靜靜的、仔細的俯視這個他們生活的小農莊，誰都沒有說半句話。

過了好一會兒，志文突然站起身來說：「不知道可不可以看到我家？」

然後志文就走向前去，把頭伸出山壁邊。

「王志文，你在幹麻！這樣很危險耶！」世華大聲的嚷嚷要志文注意安全。

話才一說出口，志文就因為踢到腳邊的一塊小石頭不小心跌了下去，而世華為了救志文，立刻衝向前去拉住志文的手，但已經來不及了，兩人就一起從山壁上翻滾，跌入了山谷。

這天是志文的生日，村子裡幾乎所有的小朋友都到志文家替他慶生，門口的庭院裡變得好熱鬧，充滿著此起彼落的歡笑聲。

「志文，生日快樂，這是爸爸從美國買回來送給你的地球儀唷！」爸爸笑咪咪的看著志文。

「哇！謝謝爸爸！我好久以前就想要一個地球儀了。」志文高興的說。

「志文，還有媽媽唷！」媽媽從後院牽出了一輛腳踏車，把它停在志文的面前。

「這是你升上高年級的禮物，以後你就可以天天騎著它去上學囉！」媽媽同樣也開心的對志文笑著。

今天真是快樂的一天，爸爸不僅回來為他慶生，還帶給他夢寐以求的禮物，媽媽也買了一輛腳踏車給他，他真想立刻找一個人分享他的喜悅。對了，這麼重要的時刻，世華是跑到哪去了？

志文仔細的在人群中尋找世華的臉，卻怎麼樣也找不到他的蹤跡。於是志文跑到屋子裡，又跑去後院，但是世華也都不在那邊。

「奇怪，我的生日他不可能會缺席啊！」志文暗自在心中納悶著。

再怎麼美好的時刻，要是身邊沒有世華與他一起分享，他的快樂馬上就減少了一大半。

正當志文開始覺得沮喪的時候，他聽見了一個熟悉的聲音。

「志文、志文，你快點醒醒啊！」世華聲嘶力竭的叫喊著。

「你如果再不醒過來，我要怎麼跟秀娟姨交代？」

什麼跟什麼啊！為什麼只聽見世華的聲音而已，那他人又在哪裡？

忽然間，爸爸媽媽消失了，前院聚集的小朋友們也消失了，到最後竟然連

家都不見了，志文的眼前只剩下一片黑暗。

「王志文！你有沒有聽到我在叫你啊？」世華的聲音又出現了，這次比先前那次更清楚、更大聲，簡直就像在他耳朵旁邊大喊一樣。

志文感覺上半身劇烈的搖晃，然後他慢慢睜開眼睛。

眼前是哭得淚流滿面的世華，他的臉上有一些擦傷，頭頂上還有一大片茂密的樹葉，志文這才發現他現在正躺在樹蔭下。

「對喔……我從山壁上跌下來了……」志文終於想起事情的來龍去脈。

「你不要哭了啦！我沒事。」志文看著哭到眼睛紅腫的世華說。

「謝天謝地，你沒事！」世華擦擦眼淚，放下心中的一塊大石頭。

志文感覺除了世華之外，旁邊似乎還有個人握著他另一隻手，他下意識的轉過頭，赫然發現那個人竟然是阿滿婆。

「你這個笨小孩，誰准你們自己跑上山來玩的！」阿滿婆放開志文的手，嚴厲的指責他們。

「要不是我剛好經過，你這個朋友他自己一個是要怎麼救你啊？」

「你看看你現在傷成這樣，腳也骨折了，待會是要怎麼下山？」

志文這才發現自己的雙腳劇痛不已，動彈不得。他看到腳上纏著白色的長布。欸！這好像就是阿滿婆掛在院子裡的那種布耶！

阿滿婆一邊檢查著志文的傷勢，一邊嘮叨：「說到現在的小孩唷！個個都有自己的想法啦！整天跑來跑去也不跟父母說，也不知道人家會有多擔心！」

志文和世華交換眼神，世華知道志文是想問他這到底是怎麼回事。但阿滿婆現在就在旁邊，世華不敢出聲，就以眼神示意，告訴志文等到回家再跟他解釋。

「我看我非送你回家不可了，小傢伙！」阿滿婆對志文說。

「真不好意思……造成您的困擾了。」志文有禮貌的答覆。

「你知道就好，還好你就住在我家隔壁，不然你就得睡在這邊等人來救你了！」

「哇！阿滿婆，妳知道我是妳的鄰居唷？」

「臭小子，你都知道我叫阿滿婆，我就不能知道你叫王志文嗎？」

志文很驚訝，他還以為阿滿婆一直過著與世隔絕的生活，對附近的人事物一定一概不知。沒想到阿滿婆不僅知道他是她的鄰居，還知道他的名字。

「我現在要開始想辦法，看要如何把你運下山！」阿滿婆喃喃自語的思考著。

「欸！那邊那個戴眼鏡的小鬼！」

一聽到阿滿婆的聲音，原本躲在旁邊的世華不自覺的抖了一下。

「你去幫我找幾根粗一點的長樹枝來！」阿滿婆用命令的口氣對世華說。

世華被阿滿婆凶惡的模樣嚇得手足無措：「那個……妳是在叫我嗎？」

「要不然勒？這裡也只有我們三個，難不成是在叫鬼嗎？」阿滿婆瞪大著眼睛看著世華。

「我……我知道了……我立刻就去！」世華用他最快的速度跑進旁邊的樹

林中，他除了手臂和臉上的小擦傷外，並沒有什麼大礙。

「四眼田雞，憨呆！」阿滿婆看著世華的背影說道。

世華離開後，就只剩下志文和阿滿婆兩個人，志文很尷尬，覺得應該說一些話才對，不過這時阿滿婆卻先開口了。

「昨天我到山的另一邊採野菜的時候，把那邊的野菜都採光了，所以今天才會到這邊來採，這邊的路比較危險陡峭，我也是逼不得已才會過來！」

「你真是好狗運啊！剛好我需要比較多野菜，才會走到這裡的。不然這邊人煙稀少，路又那麼難走，除了你們兩個呆瓜，大概也不會有人來了吧！」

聽到阿滿婆說這一段話，志文更加肯定是阿滿婆救了他，他打從心裡感激阿滿婆。

「阿滿婆，謝謝妳！」志文看著阿滿婆對她微笑。

「啊……好痛！」

「你看看，誰叫你要亂動，你的腳再亂動下去，你就準備乖乖待在家裡一

整個暑假吧！」阿滿婆責備著志文。

「你先休息一下，等一下你朋友回來我會叫你的！」

「嗯……」

志文閉上了眼睛，他發現他的感覺沒有錯，阿滿婆並不是像大家口中說的那麼可怕。雖然她說話很大聲、很有威嚴，但聽得出來她並沒有想要傷害誰的意思，應該可以說是一個直來直往的人吧！

碰、碰、碰、碰！

「我回來了，這邊夠不夠啊？」世華放下一大捆的樹枝問道。

「夠了、夠了，又不是要蓋房子，你找那麼多幹麻？」

「放旁邊就好了，你平常一定都沒運動，看你臉紅氣喘的！」阿滿婆看著喘噓噓的世華說。

阿滿婆不知從哪拿出兩根又粗又長的木棍和幾條麻繩，然後利用世華撿回來的那些小樹枝，拼拼湊湊的做出一個簡單的臨時擔架。

「眼鏡小子，你搬手、我搬腳，我們把他搬到擔架上。小心！別讓他受到二度傷害。」阿滿婆嚴肅的對世華說。

「好，我知道了。」世華當然會非常小心謹慎，志文是他最要好的朋友耶！

於是，阿滿婆和世華兩人小心翼翼的移動志文的身體，深怕一個不注意又讓志文受傷。志文不時因為腳的疼痛而發出細微的哀嚎，兩人好不容易才將志文整個人都搬到擔架上。

「很好！」阿滿婆得意的說。

「現在眼鏡小子和我會把你送回家！別擔心，我會帶你們走好走的路！」

這條路平穩好走，志文認出這是以前全家上山野餐會走的路，他看著阿滿婆和世華兩人汗流浹背的樣子，頓時感到十分對不起他們。

不過腳上的傷還是不時的提醒他——自己現在是傷患，當每次劇痛傳來志文就忍不住用力的皺眉。

「很痛吧！看你以後還敢不敢那麼貪玩！」阿滿婆看到志文痛苦的表情故意這麼說。

志文感覺這條路線好像有經過他們的秘密基地，但他的腳實在是太痛了，也沒多餘的心思問世華。似乎過了好久、好久，總算，他看到了稻田、桑葚樹，還有一大群前來圍觀的村民。

就在這個時候，派出所的所長張鐵木帶著嚴肅的表情走了過來。

「阿滿婆，妳到底是把這個孩子怎麼了？」張所長以非常嚴厲的口吻質問著阿滿婆。

阿滿婆漫不經心的解釋說：「哪有怎麼了？他跌下山谷，我好心救他，連我的野菜都不要了呢！」

「妳以為有人會相信妳的話嗎？這兩個孩子跟妳無冤無仇的，妳何必這樣欺負他們？」張鐵木繼續逼問阿滿婆。

「隨便你，張所長，反正沒有就是沒有，我根本不怕你怎麼說！」阿滿婆也以強硬的口氣回答張鐵木。

「志文！你還好嗎？有沒有怎樣啊？」秀娟姨急急忙忙的從家裡跑出來，十分擔心志文會有什麼三長兩短。

「媽，我沒事啦……啊……好痛！」

「我看這樣不行，還是趕快送你到醫院吧！阿滿婆，謝謝妳救了我們家志文！」秀娟姨說完，便請附近村民打電話叫救護車來載志文到醫院。

「秀娟，妳難道真的相信她會救妳的兒子？」張鐵木不可置信的看著秀娟姨。

「所長，我想現在不是談論這個的時候，我所看到的狀況就是世華和阿滿婆幫助了志文，你沒看到志文痛苦的樣子嗎？我只想趕緊送他到醫院去！」秀娟姨非常鎮定的告訴張鐵木。

「張所長，真的是阿滿婆救了我們。要不是她，我和志文現在還被困在山上呢！」在旁邊的世華終於看不下去了，出聲替阿滿婆說話。

「你說！她是不是威脅你們？跟我說，沒有關係！」張鐵木正經八百的對世華說。

志文好想出聲為阿滿婆解釋，可是他真的一點力氣也沒有，頭一直在暈，腳痛得要命。

「唉！不管你們這些人了，真是好心沒好報！我要回家了！」阿滿婆氣憤的走出人群。

「妳不要以為我會坐視不管，我會去查清楚的！」張鐵木對著阿滿婆背影吆喝。

救護車的警笛總算從遠處響起，大家合力將志文送上救護車後，便開始七嘴八舌的詢問世華事情的始末。世華向大家說明事情前因後果，大多數的人都相信是阿滿婆救了他們；不過那些少數「所長派」的村民，還是認為阿滿婆欺負他們，個個忿忿不平。

這時文珠姨帶著世奇急忙的跑向世華：「你是在做什麼啊？志文他沒事

吧？你的臉上都是擦傷，快跟我回家去擦藥吧！」

「哥哥，會不會很痛？」世奇用稚嫩的聲音關心著世華。

「一點也不痛，我只希望志文可以趕快好起來。」

「媽，明天我們可以一起到市區的醫院看志文吧？」

「這還用說，我們快回家吧！」文珠姨催促著世華。

當世華跟著文珠姨回家後，看熱鬧的眾人也逐漸疏散，只剩下張鐵木一個人站在原地，似乎正在思考著什麼。

第六章

住院的時光

志文睜開眼睛，先是看見了白色的天花板，然後是旁邊握住他的手一整晚，正在打盹的秀娟姨。

昨天進到醫院的情形他已經沒什麼印象了，他只記得當時一陣慌亂，還有他的腳快要痛死了。醫生在幫他包紮的時候，他還一直發出淒厲的哀嚎，亂叫亂哭一通！看來以後他也沒有資格再取笑世華了，因為自己也沒有比世華勇敢多少。

「對了，不曉得後來阿滿婆怎樣了，所長還有找她麻煩嗎？」志文在心中納悶著。

「唉呀……志文你醒了啊！」秀娟姨揉揉眼睛，心疼的看著志文。

不過下一秒她就開始責備志文：「你這孩子，怎麼可以沒和媽媽說一聲就自己跑到那麼危險的地方呢？」

「我……如果跟妳說，妳一定不會讓我去，對不對？」

「當然不會！這次要不是你們幸運的遇到阿滿婆，看你要怎麼辦！」秀娟

姨生氣的責罵志文。

「媽，真的很對不起，害妳那麼擔心！」

秀娟姨無奈的嘆了一口氣：「我昨天打電話到美國和你爸爸說了，他說下星期或許能夠回來一趟，住個兩三天，陪陪你。」

志文微笑的點點頭。

「啊！對了，世華他還好嗎？」志文突然想起這個超級好朋友。昨天世華也辛辛苦苦的把自己「運」下山，但自己那時真的太不舒服了，無法關心世華。

「世華除了手臂上、臉上的小擦傷外，沒有什麼受傷。他晚一點會和文珠姨一起過來看你！你看你，因為你想探險，造成多少人的麻煩啊？」

志文看著被吊起來的腳，覺得媽媽說的一點都沒錯。原本只是想要做一份特別的暑假作業，讓大家刮目相看的，沒想到後來竟演變成這樣的局面。想到這裡，志文不禁開始自責，為了滿足自己的好奇心，卻造成了媽媽、好友，還有阿滿婆的困擾。

「你先休息一下吧！我去和醫生討論一下你的傷勢！」秀娟姨替志文把被子蓋好便走出病房外。

志文閉上眼睛，腦海中持續出現昨天張鐵木所長對阿滿婆咄咄逼人的樣子，他很擔心阿滿婆會因為這件事被趕出光復村。所長最後表示他不會善罷甘休，感覺得出來他是很認真的。

「出院以後，我一定要好好跟阿滿婆道謝，然後跟張所長解釋事情發生的一切，希望他會願意相信。」志文心裡默默的決定。

叩、叩、叩……

一陣敲門聲將志文拉回了現實，打開門的是世華與秀娟姨。

「王志文，你看起來精神挺好的嘛！」世華臉上貼著幾塊紗布，再加上他戴眼鏡，幾乎整張臉都被蒙住了。

志文看到世華，雖然很自責，但還是忍不住嘲弄世華：「廖世華！你以為

你是木乃伊嗎？」

「哈哈哈！我就是木乃伊，今天出門世奇還被我嚇哭了呢！」

「你也好不到哪裡去，腳包成那麼大一包，跟阿滿婆的腳比起來真的是像巨人一樣！」世華以牙還牙的頂回去。

文珠姨在一旁邊替志文削蘋果邊說：「你們兩個現在居然還有心情開玩笑？」

說完，便把蘋果遞給志文：「幸好你的手沒受傷，還可以拿東西吃。」

「對了，這是我今天一早起來煮的雞湯，雖然沒有你媽媽煮的好喝，還是拜託你多喝一點囉！」文珠姨半開玩笑的看著志文。

「文珠姨，謝謝妳這麼照顧我！」

「哪裡、哪裡，這是應該的。」

文珠姨舀了兩碗湯放在志文床邊的櫃子上，然後對志文說：「你要趕快好起來。湯我放旁邊，等會兒涼一點你就可以喝了！」

「世華，你等等也喝一碗吧！好好照顧志文唷！」文珠姨叮嚀著他們。

「嗯嗯！我們等一下會記得喝的，謝謝文珠姨！」志文說。

「那我得先回家去了！世奇託在鄰居家我不大放心。志文，祝你早日康復！」文珠姨說完後便連忙走出病房，輕輕的關上門離開了。

「欸！你現在可以跟我說我在山上昏迷的那段時間發生什麼事了吧！」志文迫不及待的問著世華。

「我來就是為了要跟你說這個！」世華對志文眨了眨眼睛。

事情是這樣的：兩人跌入山谷後，世華完全不知道該怎麼辦才好，而且那時志文又昏迷不醒，世華只好大聲的一直喊救命。剛好阿滿婆聽到了聲音，發現了他們。看到受傷的志文，阿滿婆立刻丟下採到一半的野菜，趕緊跑過來看志文的傷勢，然後握著志文的手，安慰世華要他冷靜。

「所以阿滿婆有安慰你喔？」志文疑惑的說。

「後來我想想，那也算是一種安慰吧！雖然她嘴巴上一直說我們這些死小孩、蠢到不行之類的話，但感覺得出來她是真的擔心我們。」世華回答。

「看吧！我之前就跟你說過，我覺得阿滿婆不是什麼壞人，你還不相信！」

「吼！我也是第一次和她有交集，憑小時候的印象跟大家說的話，當然會認定她就是那種可怕又凶惡的老太婆！」世華辯解著。

「不過話說回來，當她握住你的手的時候，我還真的嚇到了。沒想到她也有溫柔的一面！」

「就說她不是什麼壞人吧！」

他們拿起放在櫃子上的雞湯，一邊喝一邊思索著。阿滿婆昨天的一舉一動和她表面上的凶狠，根本不成正比。

「等我出院後，我們一起到阿滿婆家和她道謝吧！」志文對世華提議。

「好啊！就這麼決定了！要不是遇到她，我可能只會一直大哭，什麼事都

做不了。」世華回想著昨天的狀況並說出他的心聲。

「我媽說，她會找個機會去拜訪阿滿婆，她說非得好好跟人家道謝才行。」志文說。

「這是一定要的！」世華附和著說。

兩人簡單的聊了幾句話後，探病的時間就結束了。護士小姐便先請世華離開，讓志文好好休息。

接下來幾天，世華都到醫院來陪伴志文，和他一起吃零食、聊聊天。

這天，因為文珠姨要外出辦事，所以世華要照顧弟弟世奇，沒辦法到醫院陪志文。志文早已準備要度過無聊的一天了，沒想到這時他卻聽到一個期待以久的聲音。

「志文，你看看誰來了！」媽媽打開病房的房門神秘兮兮的說。

「啥？」志文在發呆，還沒回過神來。

這時爸爸走了進來，給了志文一個大大的微笑。

「怎麼幾個月不見，我那活蹦亂跳的兒子現在竟然躺著都不能亂動了。」

「爸！」志文的上半身因為興奮而彈了起來，他那隻吊起來的腳也跟著搖晃。

「啊！好痛！」

「看你高興成這樣，你還好吧？」爸爸摸了摸志文的頭溫柔的說著。

志文一家人因為久違的相聚都非常開心，爸爸和他們談論著美國的事物，他和媽媽聽得津津有味；同時志文也和爸爸說在山上的遭遇，還有阿滿婆救了他和世華的事。

「嗯！我聽說了。事實上我們才剛去向她道謝呢！」爸爸對志文說。

「真的嗎？那阿滿婆怎麼說？」志文連忙詢問。

「她似乎不太領情……還一直說你們是臭小鬼不懂事，但爸爸覺得她罵得很對。你們怎麼可以沒跟大人報備一聲，就自己跑上山去呢？」爸爸責備著志文。

志文聽了以後，便將頭低下不發一語。

秀娟姨見狀，連忙拍了拍志文的肩膀：「好了、好了！沒關係。下次要去哪裡，一定要記得跟我們報備就好，爸爸也是擔心你啊！」

志文抬起頭來，點點頭說：「我知道了，下次絕對不敢了！」

接著爸爸先是以嚴厲的眼神警告志文，然後便深呼吸嘆了口氣說：「要注意安全啊！你可是爸媽的心肝寶貝耶！」

志文摀住耳朵吐出舌頭說：「好肉麻喔！爸，我聽不下去了。」

於是，一家人就圍著志文的病床哈哈大笑，連外頭的護士都好奇的探頭進來，想看看到底是什麼事情那麼開心呢？

「對了，我們今天去拜訪阿滿婆的時候有遇到張所長，他怒氣沖沖的走進阿滿婆家！」爸爸說。

「我已經跟他說過，阿滿婆算是志文和世華的恩人，他何必這樣三番兩次的刁難阿滿婆呢？」秀娟姨憂心的說。

爸爸也覺得十分懊惱：「有沒有什麼是我們能做的？」

秀娟姨搖搖頭並無奈的說：「該說的都說了，世華也一直向張所長解釋阿滿婆並沒有傷害他們，但他仍然不相信，還說是阿滿婆逼孩子們不能說實話。」

「我記得在我還沒出國工作前，張所長就常常藉故找阿滿婆麻煩。沒想到過了那麼久，他還是將阿滿婆視為眼中釘。」

「總之，她可是救了我們兒子的大恩人，我們非得想個辦法讓張所長相信我們的話。」

聽到爸爸媽媽的這段話，志文的心又再度沉了下去，為什麼張所長就是不肯相信阿滿婆幫助了他們呢？阿滿婆在光復村雖然比較與眾不同，但也沒有真的傷害到誰啊！志文越想越氣憤。

「我去！我現在就去！」志文氣急敗壞的想從床上爬起來。

爸爸媽媽被志文突如其來的舉動嚇了一跳，趕緊跟志文說：「志文，你先

冷靜一點，你這樣跑出去只會讓傷勢更嚴重，根本無濟於事。」

「但是她明明幫助了我們啊！我們說的全部都是真的，我要去和所長說清楚！」志文激動的說。

爸爸試圖安撫志文的情緒：「世華已經跟他說了那麼多，可是他還是不相信。你先給我躺好，等你傷好了，你要怎麼去跟所長說，我們都不會有意見！」

「你爸說的沒錯。你現在最重要的就是要好好養傷，不要去想其它的問題了。」媽媽附和著爸爸的話。

「哦……抱歉，現在探病的時間已經過囉！」護士小姐不好意思的敲敲門，進來通知志文的父母。

「我們先回去了。你不要想太多，早點休息吧！爸爸後天就要回美國了，你要好好照顧自己。」

說完，爸爸便摟著媽媽的肩膀離去，留下氣憤難耐的志文。他發誓一定要

替阿滿婆洗刷冤屈。

爸爸回美國後，志文因為不捨情緒難免有些低落。還好陸陸續續有許多來探望他的同學，大家都十分關心他的傷勢，紛紛在他腿上的石膏表面留下祈求早日康復的話語或塗鴉。

「希望『漏咖』王志文能盡快康復，恢復飛毛腿的神功！」

「你就和無敵鐵金剛一樣神勇。」

「在哪裡跌倒就要在哪裡爬起來，這點小傷不算什麼，兄弟！」

還有一個平常愛慕志文的女同學，偷偷的在石膏上畫上小小的愛心，被眼尖的世華看到後，不時拿它出來說嘴。

「男生愛女生，羞羞臉！」

「你很幼稚耶！而且是女生愛男生好嗎？」志文紅著臉拼命解釋。

「哎唷！愛來愛去的真是死相，討厭死了！」世華故意學女孩子的聲音，嗲聲嗲氣的說。

「無聊！」志文大叫。這一叫嚇到了正在幫隔壁房阿公量血壓的護士，護士走了過來很生氣的說：「你們兩個！給我安靜一點。醫院不是你家，搞清楚狀況，再一次我就把你趕出去，廖世華先生！」

世華下意識的摀住嘴巴，輕聲的說：「哇！她記得我的名字耶！」

兩人就這樣吵吵鬧鬧的一天過一天。不知不覺兩個星期就過去了，志文的傷勢逐漸好轉，已經可以下床拿著枴杖走動。

不過整天悶在醫院也是挺無聊的，志文身體裡那股好動的天性又開始作祟。雖然世華幾乎天天都來和他作伴，但他仍然行動不便，平常生活作息都需要媽媽的幫助，而且整個暑假腿都得被石膏包得緊緊的，實在讓他有夠悶的。

這天世華帶了一本歷史書籍來給志文看，內容是關於清朝末年國父革命的事蹟。在這本書裡，志文感興趣的不是國父革命拯救國家的精神，而是一張婦女裹小腳的照片，照片中婦女的腳和阿滿婆一樣小。

照片下方有一行字解釋著：「裹小腳是清朝不良的風俗之一，當時只有貧

窮人家的女孩不用裹腳，達官貴人的妻子、女兒都逃不過裹腳的命運。」

「裹小腳？」志文歪著頭困惑的說。

「我就知道你會有興趣！」世華用一種「我早就知道」的表情看著志文。

「你在哪找到這本書的呀？」志文問道。

「當然是圖書館啊！常常聽我爸說國父有多偉大，覺得很好奇就去查看看，無意間就看這張照片了。」

世華繼續津津有味的說：「就是因為清朝有太多陋習，所以國父才會想要革命為國人開創新生活、新視野！你知道嗎？要不是他，我們現在都還會留一條小辮子呢！你說那能看嗎？」

世華又指著一張幾個男人像是在剪頭髮的照片給志文看，那些男人前額都空了一大塊，但後頭的辮子竟長到腰際。

「原來還有那麼多我不知道的事！」志文驚訝的喃喃自語。

「我們不懂的事還有很多呢！所以我就說平常要多看書充實自己。」世華

不知不覺又擺出了「班長大人」的姿態。

世華對志文眨了眨眼睛說：「現在我每天的行程就是一起床先看電視新聞，吃完早餐就到醫院陪你聊天再一起吃午飯，下午離開醫院後就去秘密基地簡單打掃再看看書，到了傍晚就跑到學校圖書館借還沒讀過的書。」

「以上就是我這個暑假每天的行程，報告完畢！」世華順勢向志文敬禮，然後稍息。

「哈哈哈哈哈！你什麼時候開始這麼會演啊？」志文大笑了幾聲後便問。

「當然是平常在陪世奇玩的時候訓練出來的！」世華自豪的說。

「唉……說真的，我好羨慕你可以到處走來走去唷！還可以到秘密基地，我都多久沒去了！」志文嘆了口長氣無奈的說。

「沒關係啦！你現在就好好養傷吧！就當作是老天爺給你一個能夠好好休息，什麼事都不用做的機會！」世華安慰著志文。

志文苦笑說：「是呀！也只能夠這麼想囉！」

第七章

無情的審判

「OH！YA！我總算等到這天了。」志文忍不住揮舞著雙臂。經過了一個月漫長的時光，志文總算出院了，雖然腳上的石膏還得陪他一陣子，但能夠走出醫院的感覺真是棒極了。

秀娟姨攙扶著志文擔憂說：「你也不要太興奮，雖然傷已經好很多了，但任何一個大動作還是會讓你再次受傷！」

「媽，我會有分寸的。」志文撒嬌的說。

「自己要多注意！」秀娟姨叮嚀著。

志文和媽媽就這樣說說笑笑坐上計程車準備回家。志文看著窗外的景色由市區的繁華轉為寧靜安逸的光復村心中有種說不出的感觸，他忽然想世華幾乎每天都騎鐵馬來看他，頓時心中感動萬分。這一個月，最辛苦的除了媽媽以外，再來就是世華了。只要情況許可，無論刮風下雨，世華都會到醫院陪伴志文，當時志文還嘲笑他是落湯雞，現在仔細想想實在太自私、太不應該了，幸好脾氣好的世華從來不會把這些玩笑話放心上。

車子開進光復村，熟悉的景色紛紛進入眼簾，許多剛好在路上散步的村民都微笑的和志文招招手。志文也開心的和大家揮手，並告訴村民自己的傷已經好很多了，謝謝他們的關心。當計程車停在家門口時，志文抬頭望了望隔壁的屋子，似乎沒有人在家。雖然已經過了一個月，但當初與阿滿婆的互動至今仍令他記憶猶新。秀娟姨將志文扶下車，再到後車廂拿行李後，很開心的對志文說：「我們到家囉！」

志文也高興的說：「太好了，終於可以睡我軟綿綿的床了！醫院的床真的硬得和石頭一樣，睡得我腰酸背痛的。」志文走進房間，看到書桌上有許多同學寄給他的慰問卡片，連回鄉度假的劉老師都寫了張卡片給他，祝他早日康復。

「看來這次的經驗肯定會讓我永生難忘！」志文自言自語著。

「對了，應該打通電話給世華，跟他說我到家了；還有回電給那些寄卡片給我的同學，謝謝大家對我的關心！」志文心裡想著。

於是，志文開始一一致電給所有曾經到醫院探望過他的朋友、鄰居，或是有寄慰問卡片給他的同學們和劉老師，還有最重要的世華，結果足足說了兩個小時的電話，到最後志文感到口乾舌燥不已。

「呼！終於都打完了！累死我了，看來平常人緣太好也是種錯誤。」志文嘲諷著自己說。當天晚上，媽媽為了慶祝志文出院，特地燒了一桌好菜請附近的鄰居和親朋好友來吃飯，世華一家人自然也來參與。

「志文哥哥，你的腳好硬唷！」世奇摸了摸志文腿上的石膏好奇的說著。

「世奇，不可以亂碰志文哥哥的腳，沒禮貌！」文珠姨瞪了世奇一眼責備他。

「文珠姨不要緊啦！石膏打得厚厚的，一點感覺都沒有！」志文連忙替世奇說話。

文珠姨輕輕的捏了一下世奇的臉便說：「你真是個搗蛋鬼啊！」

大家都擠在志文家的客廳裡，吃的吃，聊天的聊天，場面好不熱鬧。

志文走到正在啃雞腿的世華旁邊說：「走吧！我們去請阿滿婆過來！」雞腿吃到一半的世華嗆了一下：「咳咳咳……現在喔？」

「對啊！不然要等到什麼時候？她幫助了我，我邀請她來也是應該的吧！」

「話是這麼說沒錯啦！不過等等張所長會不會來啊！」

「不會吧！聽我媽說他今天要執勤，走啦！再拖下去阿滿婆就沒東西吃了。」

「好好好！但也等我把剩下的雞腿啃乾淨呀！」世華以最快的速度將雞腿啃得一乾二淨。然後兩人向秀娟姨說一聲後，就立刻到了阿滿婆家的門口。

「欸……是要敲門還是叫她啊？」世華顯然還是對阿滿婆有幾分畏懼。

「一起做不就好了！」志文說。

「阿滿婆！我是志文，要不要來我家吃飯？很多人都有來唷！」

「吼！王志文你這個笨蛋，阿滿婆又不喜歡人多的地方你還說出來。」

「啊……對吼！要不然就……」

志文繼續邊敲門邊喊著：「阿滿婆！還是我們裝一些東西拿來妳家，我們就一起吃東西聊聊天好嗎？」門內仍舊沒有動靜。

「奇怪，裡面的燈明明就是亮的啊！」兩人對看感到十分疑惑。

這時門打開了，志文和世華正準備打招呼的時候，赫然發現開門的竟然是張鐵木。

「那個……所長晚安。我們是想來邀請阿滿婆過來我家一起吃個飯！」志文告訴所長他們為什麼會到這裡的原因。這時，張鐵木身後的阿滿婆生氣的叫道：「我不知道你為何要常常來找我碴，但我跟村裡每個人都井水不犯河水。現在是怎樣呀！你看我一個人好欺負嗎？」

「我剛剛好話說盡了，妳還是這個態度就別怪我了！」說完，張鐵木強行將阿滿婆拉出門，不顧阿滿婆的叫喊和兩個孩子的拉扯，他硬是把阿滿婆拉到志文家去。他走得很快，完全沒注意到阿滿婆的兩雙腳似乎很痛，根本無法跟

上他的速度。突然間，阿滿婆腳步不穩跌進路旁的水溝裡。

世華見狀立即去攙扶阿滿婆，志文因腿上仍有石膏限制沒辦法幫助阿滿婆，忍不住大喊：「阿滿婆妳沒事吧？」

接著又轉頭對張鐵木說：「所長，雖然我不知道發生了什麼事，但再怎麼樣，你這樣對待一個老人家是對的行為嗎？」

張鐵木被志文這段話給激怒了：「志文，你腳上的傷勢怎麼來的我想你自己最清楚！今天我是光復村派出所的代表，我有權利將她帶到派出所裡好好訊問，以維護我們光復村優良的風氣。」

在志文家作客的村民們，聽到外頭的爭執都跑了出來，看著渾身溼透的阿滿婆和怒氣沖沖的志文和張鐵木，不由得大吃一驚。

「很好，既然大家都出來了，我就更應該把事情的經過告訴你們，讓你們知道這老太婆做了什麼好事！」張鐵木義正詞嚴的說。

「這次是又怎麼了啊？」許多村民發出牢騷，認為張所長又在小題大作了。張鐵木不慌不忙的解釋道：「之前阿滿婆害志文受傷一事，我已經沒有再追究了。但就在今天早上，阿滿婆竟然用木棍打傷了一個外地來的孩子，被我親眼看到了！」

「那是因為他偷摘我家的釋迦，我拿棍子出來嚇唬他，他被我嚇到才從樹上掉下來受傷的啊！」阿滿婆氣急敗壞的說，顯然她已經解釋到不想再解釋了。

「就和志文的事件一樣，妳又再次欺負一個沒有自保能力的小孩！」張鐵木狠狠的看著阿滿婆說。

全身溼答答的阿滿婆不置可否，只是搖搖頭說：「你跟我不合已經不是兩三天的事，現在我只想去洗個澡沒空理你。」阿滿婆頭也不回的走回家，留下外面目瞪口呆的群眾和氣到臉色發青的張鐵木。

「各位鄉親，你們也都看見了，那種傲慢無禮的態度誰會相信她，再說我都已經親眼看到了，她還敢狡辯！」張鐵木忿忿不平的說。

「所長，沒那麼嚴重吧！要是遇到小朋友調皮偷水果，我也會拿棍子出來嚇唬他啊！」有個村民站出來替阿滿婆說話。

張鐵木依然立場堅定的說：「但你有讓那孩子受傷嗎？我親眼看到她拿著棍子衝向那個已經倒在地上的孩子，還對他大聲嚷嚷不知道在說哪門子的話！」

「其實說不定所長是對的，我們家小孩都不曉得被她嚇哭過幾次了呢！」有的村民也開始覺得阿滿婆的存在為他們帶來困擾。

張鐵木清清喉嚨對大家說：「看來目前已經分成兩派了，這件事我絕不會就此罷手的，我一定會找機會把這個禍害趕出光復村！」

「禍害？」志文嗤之以鼻。

「對呀！阿滿婆又不是蟒蛇還是老虎，憑什麼說她是禍害呀？」世華也在一旁附和著志文說。

「大人的事情小孩沒有資格管，秀娟、文珠，請管好自己的小孩，沒事跟

大人頂嘴是非常不好的行為。」張鐵木指著志文和世華對兩人的母親說。

「我要怎麼管教我的孩子不關你的事吧！」秀娟姨氣憤的說。

「秀娟不要生氣，我想是有人因為剛才說不過一個老太婆所以把氣都出在我們孩子身上了，別跟他計較了！」文珠姨將張鐵木對志文二人的辱罵頂了回去。不過張鐵木這回沒再多說什麼，只是一直和那些不喜歡阿滿婆的村民討論該如何將阿滿婆趕出光復村。

「真是無聊，吃飽沒事做！」文珠姨不屑的看了他們一眼。

「唉……好好的一個慶祝會全都被張所長搞壞了，真是可惜！」世華惋惜的說。人群漸漸的散去，大多數的人都忘了今天晚上是來參加志文出院的聚會。大家都只知道光復村現在分成兩派，一派是贊成阿滿婆留下來，另一派則是想把阿滿婆趕出光復村。

贊成阿滿婆留下來的那方村民，對張鐵木恨之入骨。好好的一個農村，大家相安無事的當鄰居那麼久了，為何要因為一個沒有殺傷力的老太太搞成今天

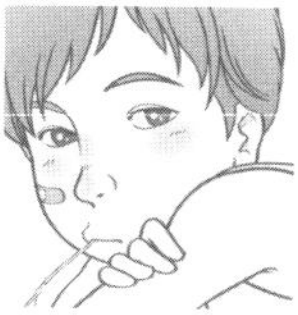

這種局面，志文和世華一家當然是站在這一邊。反之，想把阿滿婆趕走的那方村民，認為那些想讓阿滿婆留下的人真是頭殼壞掉，他們都覺得張鐵木是個優秀的領導者，可以保護他們生活週遭的安全。

等到所有人都離開了以後，只剩下文珠姨和兩個孩子還在志文家，大家都不發一語，平常最吵的世奇也只是乖乖的坐在媽媽腿上。

「秀娟，沒想到這次事情會鬧得這麼大。」文珠姨打破沉默說了第一句話。

「阿滿婆在這麼多人面前當場被『審判』，心裡一定很不好受！」秀娟姨心疼的說。

「她自己一個老人家無依無靠，當眾被張所長審問，可想而知是多大的壓力啊！」

「這已經不是第一次了，我想張所長對阿滿婆的看法這輩子都不會改變！一件小事被他說得像是犯了滔天大罪一樣！」

「阿滿婆表面上都裝作無所謂，但她現在一定覺得很難過！唉……」兩個女人無能為力的相望，嘆了好長一口氣。

「媽……」志文突然叫秀娟姨。

「嗯？」

「我跟世華去關心一下阿滿婆好了！」志文提議道。

「畢竟是因為我那時去找她，她才會被張所長拉出來，那麼難堪……」文珠姨聽到後便說：「志文，不管你今天有沒有去找阿滿婆，結果都是一樣的，別再自責了好嗎？」

秀娟姨接著說：「好吧！你們兩個就去關心一下阿滿婆，看她有什麼需要。」志文與世華聽到後便馬上站起身，再次向阿滿婆家跑去。

叩、叩、叩！

沒有回應。

叩、叩、叩、叩！

還是沒有回應。

叩、叩、叩、叩、叩！

「我已經跟你說過，我不想再聽你說了！聽懂了沒有呀！」阿滿婆打開門破口大罵。

「喔！原來是你們啊！進來吧！」阿滿婆看志文和世華驚恐的臉，立刻緩和語氣請他們進去。

阿滿婆家的客廳很舒適整潔，一張木頭大圓桌和兩張老舊的沙發，還有祭祀祖先的祭祀檯兩旁有紅紅的蓮花燈，牆壁上除了一張年輕男子的遺照沒有任何裝飾。志文覺得好像在哪看過那沙發，但一時也想不起來。

「喝仙草茶吧！沒得選，我家只有這個。」阿滿婆從祭祀檯上拿起兩個小杯子放在圓桌上，倒茶給志文和世華。

志文喝了一口仙草茶後便開口：「阿滿婆……先是謝謝妳那天救了我們兩個，一直都沒有機會好好跟妳道謝，我也是今天才剛出院。」

阿滿婆沒有任何反應，只是盯著自己的小腳看著。

志文繼續說：「還有剛剛發生的事我很抱歉，沒想到只是來邀請妳而已，竟然會為妳惹出這麼大的麻煩！」

世華補充說：「總之我們都相信妳，我們都是站在妳這邊的！」

阿滿婆聽完兩人的話後哈哈大笑：「你們這些小鬼頭，真是愛替我找麻煩耶！」

「自己跑來招惹我，我還要為你們擦屁股，是哪來的天理呀！」

阿滿婆接著說：「我從來不把張鐵木那個人放在眼裡，他想趕我走沒那麼容易，我在這個農村生活的時間比他多那麼多，他沒那個權力把我趕出去的。」

「但是他這次似乎很有信心的樣子……」志文擔心的說。

「我沒在怕他的啦！他對我沒有什麼威脅！」阿滿婆非常有自信的說。

「話說回來了，小鬼，你的腳怎麼那麼久都還沒好呀？有這麼嚴重啊？」

「因為骨折，還有一些外傷，所以只好暫時先固定住囉！」志文回答。

「眼鏡小子倒是恢復得挺快的嘛！」

「喔！因為我健康嘛……哈哈哈……」世華戰戰兢兢的回答。

阿滿婆又大笑說：「看你那副怕我的樣子真是太好笑了，你應該回去照照鏡子的。」世華臉紅的摸了摸鼻子。

在一旁的志文也跟著阿滿婆笑了起來，他發覺阿滿婆笑起來好慈祥，就像個和藹可親的奶奶一樣。

「喔！都已經那麼晚啦！」

「兩個小鬼頭別擔心我，趕快回家睡覺吧！想報答我的話有空就多來陪我聊聊天吧！」

阿滿婆這句話讓志文和世華十分驚訝，阿滿婆竟然會邀請他們到她家；同時心裡也很開心，因為事實證明阿滿婆的確是個好人。

於是，兩人和阿滿婆道晚安後，世華便和在志文家門口等他的文珠姨與世奇一起回家了。

當天晚上，志文輾轉難眠，他直覺認定阿滿婆的經歷一定十分豐富，他迫不及待的想了解這個人。但他的身體不能亂動，睡不著也讓他十分痛苦，他只好開始回顧今天所發生的一切。

而就在他快要想起來在哪裡看過阿滿婆家的沙發時，睡魔終於來襲，他也就自然而然入睡了。

第八章

裹腳布的故事

夏日午後突如其來的雷陣雨，總是令人昏昏欲睡。

「哈……好想睡覺，好無聊唷！」志文揉揉眼睛伸了個懶腰。即使傷勢已經好了一大半，但為了能儘早康復，志文也只能在附近走走，無法和世華到山上祕密基地去，況且媽媽也不曉得有這個地方。

雨停了以後，志文拄著枴杖往後院走去，空氣中瀰漫著一股塵土的味道。圍牆旁的繡球花吸引了他的目光，繡球花上的雨滴緩緩落下，花苞的顏色鮮豔飽滿，這幅景象讓他想到爸爸從美國寄回來的一張明信片——洋房門外種植了各式各樣的花朵，頗有格調。如今，這樣的景色也可以出現在他家後院，讓他感到十分驕傲。

突然，他聽見了一陣唏唏嗦嗦的聲音從後院傳來。

「阿滿婆，妳在做什麼啊？」志文看到阿滿婆正迅速的將那些長長的白布條收進屋內，大雨把白布條淋得全貼在欄杆上。

「我的裹腳布，全都濕了！」

「這下可好！想每天泡腳換布沒望了……」阿滿婆懊惱的說。

志文沒有說話，只是一直盯著阿滿婆的雙腳，再看看阿滿婆手上那些濕漉漉的白布，好奇的神情立刻引起阿滿婆的注意。

「看什麼啦！沒禮貌的小鬼！」阿滿婆大聲的斥喝志文。

「喔……對不起！對不起！但是我實在太好奇了。」志文連忙低頭認錯。

「等我把這些布收好再跟你說，你進來幫我把它們吹乾吧！」

「嗯！好啊！」志文尾隨著阿滿婆進入她家，阿滿婆要志文先坐在沙發上，然後她將一條條裹腳布暫時擱在圓桌上，便進去房間裡拿吹風機。

「你現在腳不方便，只要乖乖把它們吹乾，等等我說故事給你聽。」阿滿婆對志文說。

「我最愛聽故事了，是怎樣的故事呀？」志文興沖沖的問道。

「是關於那些裹腳布的故事。」阿滿婆說。

阿滿婆將吹風機插電後拿給志文，便到後院清洗其它被雨淋濕的衣物。志文烘著那些裹腳布，不經意的看到門口的鞋櫃上有幾雙非常小的繡花鞋，上面的繡工都很別緻，尤其是那雙紅色的繡花鞋，上頭的牡丹花含苞待放，略帶粉色，宛如少女羞澀的臉龐。

「原來阿滿婆有那麼多漂亮的鞋子，以前我都從來沒注意到。」志文心中暗自想著。

「夭壽喔！這場大雨簡直是要把一整年的雨下完喔！」

「所有衣服都得重洗一次，怎麼連老天都要找我的麻煩？」阿滿婆自嘲的說。

「唉唷！沒想到你的動作還滿快的嘛！」阿滿婆看著志文旁邊的一堆裹腳布說道。

志文靦腆的笑了笑，並對阿滿婆說：「做事情要有效率，不要盲目的瞎忙，這是我爸爸常常對我說的話！」

阿滿婆聽了志文說的話後，便走過來坐到志文旁邊，然後拿起志文烘好的

那些裹腳布，一條一條的將它們折好排整齊，然後說：「你爸爸啊！做事有條有理的又會講話。你們剛搬來我隔壁時，我看到他的穿著，立刻就知道他是個光明磊落又大方的人。」

「真的呀？那我爸爸當時穿得怎樣呢？」

「西裝筆挺，打了條黑色的領帶，看得出來將來會是個有出息的人。」

「嗯……跟我印象中的爸爸不太一樣耶！」

「這是當然的啊！有了一定的年紀後，成熟的模樣就不會單顯示在外型上，而是會顯現在他的內心！」

「你還小，以後你就懂啦！」阿滿婆拍拍志文的背說。

志文驚訝的發覺，阿滿婆是個非常有文化的人，她的談吐與對人的判斷能力，都足以證明她絕對不是大家口中的那位「怪異老太婆」。

志文點了點頭後便說：「那您剛剛要說的故事是什麼呀？」

「哎呀！我真是老糊塗了，竟然講到都忘記這回事了！」

「等我一下，我去拿個茶壺來泡茶！」

於是，兩人就這樣靜靜的坐在沙發上喝著熱茶，開始了一段志文已經好奇的好久，卻一直沒有機會聽到的故事。

「那是發生的一個舊時代的故事……」阿滿婆緩緩的說道。

「我小時候還在大陸的時候，我們家族的每個女人幾乎都有纏足，除了那些需要到田裡工作的女人可以逃過一劫之外，其他人都無法倖免。」

阿滿婆繼續說：「清朝末年，已經有人開始鼓吹要廢除纏足這項陋習。但因為我們家在地方上是屬於高層，我父親常說，小腳的女人可以顯現出她的美麗和高貴的氣質，所以我們家的女人都要纏足，才不會讓他丟臉。」

「用那白色的長布條纏嗎？」志文問道。

「剛開始都會先拿條很長的布，然後將腳板往內折，再用這些長布用力的捆住、纏繞我們的腳，那種痛我到現在想起來都還是會害怕……」阿滿婆紅了眼眶，只要再眨一眼，眼淚就會立刻掉下來。

志文看到阿滿婆的反應後，不知道該如何是好，所以就開始打抱不平：

「那些人真是可惡！有本事他們也來纏啊！為什麼只有女人纏勒？」

阿滿婆看到志文忿忿不平的樣子，覺得真是好笑又可愛：「傻瓜，難道你不知道從前有男尊女卑的觀念嗎？」

「這未免也太不公平了吧！」

「憑什麼要逼妳們做妳們不想做的事情！」志文越說越難平復激動的心情。

「古時候的男人，就是喜歡女人走起路來一搖一擺的樣子。他們認為那就是所謂的美態，女人走路不應該太快，不然就和那些大腳的種田女子沒兩樣，粗俗沒有內涵。」

阿滿婆接著說：「所以你看，不管是有錢人家的女兒，還是窮人家的女兒，在男人面前始終都只是他們的玩具，叫妳裹小腳妳就得裹小腳、要妳種菜妳就得種菜，根本沒得選擇。說到底還是一句男尊女卑啊！」

「你看我鞋櫃上的那些鞋子！」阿滿婆指著鞋櫃，跳回原本的話題說。

「這就是人們所謂的『繡花鞋』，前面呈現三角形的形狀，就和我們的腳掌形狀相同，這可以說是專門為我們這些可憐的纏足女性量身訂做的！」

志文聽了剛剛阿滿婆說了一長串後，原本被自己挑起的激動情緒也漸漸緩和下來：「那怎麼會有這麼多不同的顏色？」

「你才知道！無論是古代人還是現代人，對於女人的要求依然是那兩個字『囉唆』！」阿滿婆無奈的說。

她搖了搖頭後便開始解釋道：「基本上，年輕女子的繡花鞋是鮮豔的紅色，象徵年輕又有朝氣，老嫗則多是黑色或深藍色，象徵老人家慣有的拘謹和保守性格。」

「從前我還是小姐的時候，我父親盯我這雙腳盯得可緊的呢！」

志文又問：「那妳為什麼都不穿這些漂亮的鞋子？」

她舉起雙腳給志文看，並說：「我沒那個心情穿！現在只要穿這種素素

的顏色就好了。我也不想讓大家知道我以前是有錢人家的女兒，最討厭別人在我背後指指點點的！說到這個，你不會把我今天對你說的話講出去吧？小子！」

「當然不會囉！但是……我可以告訴世華嗎？」志文遲疑的問阿滿婆。

「誰是世華？」

「就是那天在我旁邊哭得唏哩嘩啦，那個戴眼鏡的！他是我最好的朋友！」

「喔……眼鏡小子啊！被張鐵木找麻煩那天我才知道他是文珠的大兒子。」

「好吧……他看起來沒什麼殺傷力，是個會保守祕密的人吧？」

「當然，這點我可以做擔保！」志文拍拍胸脯說。

「下次找他一起過來聊聊天吧！他肯定是個用功的好學生！」

「妳怎麼知道？」

「看也知道！」說完後，阿滿婆開心的笑了。志文發現他越來越喜歡阿滿婆了，覺得能看到開心的阿滿婆，他也很高興。

志文走向鞋櫃，指著那雙紅色的繡花鞋對阿滿婆說：「這雙鞋子真的好漂亮，尤其是上面那朵花，看得出來是非常用心繡出來的！」

阿滿婆微笑著說：「那是我母親特地為我繡的。那麼多個女兒，她只替最愛哭的我繡了朵美麗的牡丹花。」

「那雙繡花鞋，是我七歲時的生日禮物！現在看起來會那麼新，是因為我幾乎沒有穿過它，我捨不得！」

眼前的阿滿婆似乎掉入了回憶的漩渦中，她拿起那雙繡花鞋，緊緊的將它們擁入懷中。志文可以感覺到，阿滿婆對她母親的愛以及至深的思念，他忽然覺得感慨萬分。

只因為身處的時代不同，古時候的女人就要迎合男人的喜好，成為他們心目中「完美」的形象。而男人也不管女人是否可以承受這樣的痛苦，自顧自的要她們纏腳，聽從他們的一言一行，這是何等的不公平啊！

他心裡想著：「要是我生在從前，我一定會和國父一樣，勇敢的站出來為女性同胞討回一個公道的！」

志文頓時十分佩服孫中山先生，他決定要去圖書館借上次那本世華拿給他看的書。

然後，他看了看手錶，發現時間已經不早了，在家裡等他吃飯的媽媽一定很擔心，媽媽也不知道其實他就在隔壁而已。

志文轉過身，看到了那疊被折好的裹腳布，腦袋隨即又蹦出一個問題，自然的脫口而出：「欸！那妳為什麼要在這時候洗這些裹腳布啊？」

阿滿婆睜開眼睛，剛從回憶中被拉出來的她，好像一時之間還無法適應現狀，志文後悔自己幹麻打斷阿滿婆的思緒。

還好阿滿婆並不在意，她對志文說：「因為我想要在冬天的每一天都可以換新的裹腳布！你不懂，對我們來說，在冬天的陽光下將裹腳布拆開再泡泡腳，然後擦乾換上乾淨的裹腳布是一件多麼舒服的事！」

「但因為冬天的陽光很少見，我也只能利用夏天的大太陽，將這些裹腳布再清洗一遍，誰知道天公不作美，竟然給我下起雨來！」

「不過也要感謝這場雨，我才能到您家來聽到這麼有意義的故事。」志文發自內心的說出這一句話。

「阿滿婆謝謝妳！讓我度過了一個有意義的下午。」志文笑笑的對阿滿婆揮揮手。

「我改天再帶世華過來玩！」

「好呀！隨時歡迎。」阿滿婆也微笑的對志文揮手。

志文感覺到，阿滿婆封閉已久的內心已經漸漸打開了，而重新將這扇門打開的人，就是他自己。他沒想到自己竟然會有如此強大的力量，能夠讓一個多年不與任何人打交道的老婆婆，在一天之內說了這麼多話，想到這裡，志文感到非常的自豪。

第九章

紅龜粿

「廖世華！我還是病人耶！你走慢一點啦！」志文在世華後頭大喊著。

「你現在終於知道我每次跑在後面追趕你的『辛苦』了吧！」世華停下腳步，回過頭來和志文說。

「哼！一點同學愛都沒有。」

世華對志文吐吐舌頭，然後哈哈大笑。

昨天下午，志文腿上的石膏終於拆掉了，不過醫生還是特別交代，前兩個月不能做劇烈運動，走路要慢慢走，不可以橫衝直撞，以免舊傷復發。這點真是令志文頭痛極了，向來最愛跑跑跳跳的他，哪能忍受不能奔跑的日子。

「唉！看你走得比我快，我還真是不習慣！」志文嘆了口氣說。

「別再悶了！我們就快到祕密基地囉！」

「天呀！我竟然有一個多月都沒到這來了。」

「還好我這個模範生天天都有來打掃！」世華驕傲的說。

走進祕密基地，頓時一股熟悉的感覺讓志文神清氣爽。

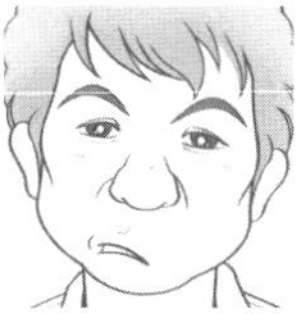

「哈！真太舒服了！」志文吸了一口新鮮空氣說著。

「看你開心成這樣，不過別忘了正事，我們可是來寫暑假作業的！」世華叮嚀著。

認真的世華，早就已經將暑假作業都做完了，只留一項「村中人物探訪」要和志文一起做。相反的，志文因為較懶散又受傷的關係，暑假作業依然停留在上次地理勘查那邊，因為這樣，他被世華狠狠訓了一頓。

志文走上樓，坐在那張舊沙發上，看著這片懷念已久的景色，心裡真是有說不出的舒暢啊！他自然的低下頭來。欸！他現在坐的這張沙發好像和阿滿婆家那張一樣耶！難怪當時他覺得阿滿婆家的沙發好眼熟。

「應該只是恰巧的吧！」志文心中想著。

「還是阿滿婆搬來的？真是怪！」當志文沉浸在自己的想法中時，世華的一句話打斷了他的思考。

「村中人物探訪……」世華開始說道。

「顧名思義，就是要訪問一位村中特別的人，介紹他的特點，並解釋他和其他人不同的地方！」

「所以，你真的決定要訪問阿滿婆嗎？」世華認真的看著志文。

世華的疑問，也讓志文也忘了剛剛在想的問題了，他回答世華說：「當然囉！不是已經和你說過了，那天我到她家的事了！」

志文繼續說道：「我知道很令人難以置信，但你只要和我一起去訪問她就會明白了，阿滿婆確實是個很有知識的人！」

「那我們去訪問她，應該不會給她帶來困擾吧？」世華緊張的問道。

「我們作業要怎麼做，我想張所長是管不到的！」

「那就好！只怕到時候他又再亂『牽拖』！」

「應該不會吧……」志文沒什麼把握的說。

「希望如此。」世華只能莫可奈何的答應了志文。

兩人決定先準備好要訪問的內容，再去拜訪阿滿婆。而要訪問的主題，是

以阿滿婆上次對志文訴說那些有關裹腳的故事，志文覺得他們這份作業一定會非常出色。志文拿著鉛筆敲敲頭說：「我們可以再多問一些關於裹腳的歷史與後來的發展。」

「在這之前，我們最好還是先跑一趟圖書館，到時候問的問題也會較有深度！」世華推推他的眼鏡，學起劉老師的姿態。

「你說得對！做功課前找資料是很重要的。」志文稱讚世華說。

「哈哈！我想這樣阿滿婆就不會一直說我只是個眼鏡小子了！」

世華驕傲的說：「她會說我是博學多聞的好小子！」

「好小子……？」志文不禁皺眉。

說完，兩人便相視而笑。

雖然原本到祕密基地是要好好討論作業，但兩人決定要去圖書館後，不知不覺開始聊天，聊累了就望著窗外的美景發呆。等他們要去圖書館時，就發現已經黃昏了。

「沒辦法啦！只好明天再去圖書館囉！」志文無奈的說。

「我是無所謂啦！反正我作業只剩這項。倒是你，今天回家能做多少作業算多少，可別又拖到最後一天！」世華嚴厲的對志文說。

「是的，遵命！你這好小子。」

「呿！」世華不以為意的應了一聲。

圖書館的資料琳瑯滿目，令志文眼花撩亂。這是他第一次找尋自然科學以外的書籍，仔細想想還真是有點心虛。

世華十分熟練的走向「歷史書籍區」，翻著一本本民國前及民國初年的歷史書籍，從中尋找有關纏足的相關資料。不過，能得到的資料相當有限，有記載裹小腳事蹟的書並不多，大多都只是稍微提到而已。

相同的地方，是書中提到纏足所運用的字眼，都是些「劇痛」、「扭曲」、「變形」等等，讓人覺得很不舒服。

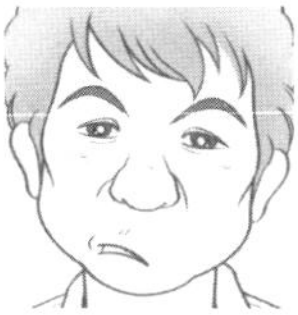

「天呀……腳裹到後來根本全部都爛掉了……」志文難以置信的對世華說。

「連骨頭也都斷了！」世華驚愕的說。

這時圖書館管理員怒氣沖沖的跑過來，小聲的警告他們說：「你們兩個給我安靜一點。這是圖書館，不是你家！要聊天請出去聊！」

「是是是，真的很抱歉。」兩人連忙點頭賠罪，把要借的書拿一拿便離開了圖書館。

蒐集好資料後，他們就決定直接到阿滿婆家去訪問她，把作業一次完成。

兩人走進阿滿婆家庭院時，聞到了陣陣撲鼻香，那味道鹹鹹的、香香的，有一種古早味的感覺。

「阿滿婆您好！」志文站在阿滿婆的門前大喊著。

「我是志文啦！我帶眼鏡小子來找妳了！」

世華用肩膀用力的頂了志文一下：「欸！怎麼連你都叫我眼鏡小子？不是

說要叫好小子嗎？」

志文斜眼看著世華說：「好小子感覺很像在罵人耶！難道你都不覺得嗎？」

「可是眼鏡小子聽起來像笨蛋一樣……」

「不會啦！叫久了還挺有親和力的！」志文笑嘻嘻的說。

這時阿滿婆推開了家門：「你們兩個小鬼在我家門前吵什麼啊！我在廚房蒸東西都聽得到你們的聲音！」

然後阿滿婆看到了世華：「好久不見，眼鏡小子！你臉上的傷都好了嘛！」

「哈哈哈……對啊！」世華尷尬的笑了笑。

「你們先進來坐，等我一下。」阿滿婆請志文和世華先坐在客廳等她，便往廚房走進去了。

「哇！好香唷！我從來沒有聞過這種味道耶！」世華吸了吸鼻子說。

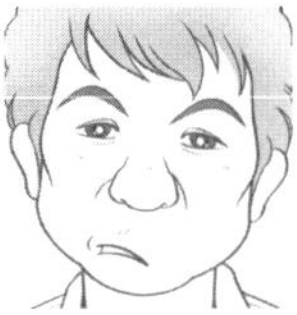

「欸！廖世華你看，那兩張沙發跟我們祕密基地的那張一樣，對不對？」

志文指著圓桌旁兩張老舊的沙發說。

「真的耶！好巧唷！」世華驚訝的說。

「我總覺得我們祕密基地裡那張更舊的，應該也是阿滿婆的，這三張沙發看起來是一組的。」志文說。

「那她幹麻把舊沙發丟在我們祕密基地那？」世華帶著疑慮問道。

「夭壽喔！我快要被熱死了！」阿滿婆從廚房走出來滿頭大汗的說，手上還拿著兩個用香蕉葉包著看起來像是包子的東西，上頭還在冒煙呢！

「阿滿婆，那是什麼啊？好香唷！」世華忍不住向阿滿婆問道。

「你們該不會連『紅龜粿』都沒看過吧？」阿滿婆不敢相信的瞪大眼睛。

志文回答說：「好像去廟裡拜拜的時候，有看過人家放在祭祀台上！」

「紅龜粿是台灣人在祭拜祖先的時候，常常會做的糕點呀！」

「你們今天來的正是時候，真有口福能吃到我做的紅龜粿！」阿滿婆自豪

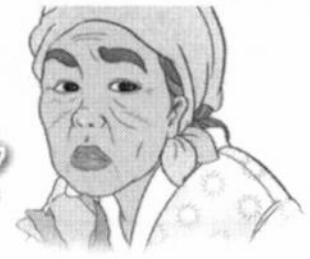

的對志文和世華說。

「而且是熱騰騰剛出籠的呢！阿滿婆，真是太感謝妳了。」世華順勢對阿滿婆鞠了個躬。

「哈哈哈哈哈！你這眼鏡小子真愛作怪耶！」阿滿婆被世華逗得哈哈大笑。

「來，吃吃看，這可是我的拿手絕活呢！」

兩人拿出「燒燙燙」的紅龜粿，先輕輕的咬了一口皮，紅紅的外皮ＱＱ的很有嚼勁，裡面的主要餡料是蘿蔔絲，又香又夠味，十分可口。

「嗯！好好吃唷！」兩人不約而同的說。

阿滿婆看他們吃得那麼開心，覺得滿心歡喜，便問他們：「所以，你們今天來找我是要聽故事嗎？」

志文趕緊擦擦嘴說：「其實是有項作業想要請阿滿婆幫忙。」

「喔？什麼作業？」阿滿婆問。

「學校的一份暑假作業，要我們訪問村子裡一位有特色的人，然後作成報告！」志文解釋著。

「你們認為我是個很特別的人嗎？」阿滿婆盯著兩人問。

兩人一起用力的點點頭。

「好吧！你們想問什麼呢？」阿滿婆無所謂的說著。

「我們想問有關纏腳的故事。」志文回答道。

阿滿婆聽到「纏腳」兩個字，臉色大變：「不行！這是我私人的事情，我不想讓每個人都知道。志文，你難道忘記我說的話了嗎？」

志文慢慢想起，那天阿滿婆的確有說，除了世華以外，不許再和任何人說起有關阿滿婆裹小腳的事，沒想到他竟然忘得一乾二淨，還想用這件事來做作業。想到這裡，志文覺得非常自責，面紅耳赤的對阿滿婆說：「阿滿婆，對不起……我真的忘記了。」

阿滿婆看見志文如此自責的模樣，也沒有再多說些什麼。

在一旁的世華為了要化解這尷尬的場面，趕緊天外飛來一筆的說：「哎呀！反正我們本來也沒有很想用這個主題。不然這樣好了，阿滿婆的紅龜粿做得這麼好吃，我們就乾脆向阿滿婆請教紅龜粿的由來和特色好了，然後請阿滿婆說說心得，這項作業一樣可以完成啊！」

「我沒有意見！只要不說到我的小腳就好了！志文，你也沒有意見吧？」阿滿婆看著頭都不敢抬起來的志文說。

志文仍然不發一語，看起來像是快哭了。

阿滿婆見狀後立刻說：「我這個人向來不記仇的，事情過了就算了，我不會追究！不然你們看，現在所長應該已經被我打到臭頭了吧！」

「對啊！志文，以後我們就會特別注意了。阿滿婆，妳說對不對啊？」世華對阿滿婆眨了眨眼睛。

阿滿婆十分配合的說：「當然！好了，我們現在先進廚房吧！開始紅龜粿教學。志文，你要是不進來，我們就不等你囉！」說完，阿滿婆便領著世華走

進廚房，志文也默默的跟在後面。

廚房裡充滿著紅龜粿的味道，阿滿婆打開爐灶上的蒸籠，露出一塊塊鮮紅飽滿的紅龜粿。

「紅龜粿是台灣人在拜拜或祭祀祖先時候的供品，它的形狀之所以是圓形，就是象徵團圓的意思；而紅色就是表示吉祥、好兆頭。」阿滿婆指著蒸籠裡的紅龜粿說。

阿滿婆拿起蒸籠旁的一個模型說：「這就是紅龜粿用的模型，米糰揉好後就可以放進模型內壓出它的型來，再放到蒸籠蒸。模型上的圖形是龜甲，表示長壽，古時候的人原本都會抓活的龜當作牲禮，但活龜得來不易，最後漸漸變成用米食作成的紅龜粿，一直沿用至今。」

世華被阿滿婆的滿腹經綸嚇到了。志文說的果然沒錯，阿滿婆的確不像是村民口中那凶惡的壞老太婆，而是個有知識的老婦人。

阿滿婆接著說：「烏龜是一種非常長壽的生物，簡單來說，從前人認為吃紅龜粿就會和烏龜一樣長壽的意思！」

「烏龜？是我們自然課養的小烏龜嗎？可是牠都很快就死了。」志文終於出聲提問了。

「當然不是，古時候人們所說的龜，是那種非常大隻的烏龜，一活都將近一百多年呢！」阿滿婆看到志文總算肯說話，感到鬆了一口氣。

「那阿滿婆為什麼突然想做粿啊？」世華不假思索的問阿滿婆。

「因為我要祭祀我的祖先呀！應該說是我丈夫的祖先。」阿滿婆說。

「原來阿滿婆有結婚啊！」志文在心中大感驚訝。但為什麼從來都沒有聽村裡的人說過呢？大家都說阿滿婆好像一直自己生活的樣子。

「哇！阿滿婆真的替我上了一課耶！」世華開心的說。

「我平常那麼愛看書，卻都沒有在書本上看過相關的知識！」

「眼鏡小子，偶爾也要聽聽老人家說的話。聽我說的話比看書更實用呢！你說對不對啊？志文！」

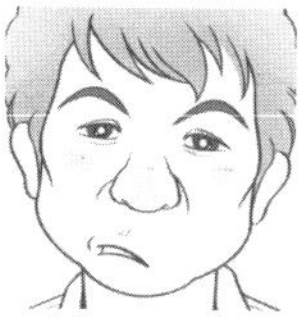

志文先是搔搔頭，然後肯定的點點頭，再對世華說：「你看！我沒騙你吧！」

世華對志文做了個鬼臉，問阿滿婆：「阿滿婆，那我問妳唷！除了祭祀、拜拜，有沒有其它特別的節日會吃到紅龜粿勒？」

阿滿婆點點頭，笑著說：「眼鏡小子果然有很多問題！撇開祭祀，像有些家中有長輩做壽或是小孩子滿月的時候，會發送紅龜粿代表喜氣和吉祥。」

「喔！還有那麼多我不知道的呢！」世華發自內心的說。

「小鬼頭，你們不知道的事還很多呢！走吧！我們回客廳把剩下的紅龜粿吃完！」阿滿婆說完，再次領著兩人回到客廳。

志文表面上雖然開心的吃著紅龜粿，但是心裡十分在意自己忘了對阿滿婆的承諾，還差一點讓大家都知道，萬一造成阿滿婆的困擾怎麼辦？想到這裡，他東西也吃不下了，只好將紅龜粿放在一邊，藉口有事要先回家。

志文的沉默及行徑，阿滿婆和世華自然都看在眼裡。

「眼鏡小子，你回去和你朋友好好說，說我不會怪他的！其實村裡大家都知道我有裹腳，我怕的不是怕他們知道這個，而是我背後的故事和祕密。」阿滿婆對世華說。

「我知道了！我會轉告他的。」看到志文的情緒如此低落，世華也感到很擔心。

「有機會我會慢慢和你們說的！」

「來吧！帶一點回去給文珠和你爸吃吧！」阿滿婆拿起幾個紅龜粿，交給世華說。

「謝謝阿滿婆！」世華道謝。

「哈哈哈，不用客氣，你這好小子！」阿滿婆哈哈大笑的回應世華。

「我就是好小子！阿滿婆再見！」

「再見！」

於是，世華抱著手中的紅龜粿，愉快的離開阿滿婆家。

第十章
忍

三天過去了，志文始終提不起勇氣去拜訪阿滿婆，也一直在逃避他和世華的那份暑假作業。

「志文，你的電話！」秀娟姨對著待在房間裡的志文大喊。

「來了！」志文不用想也知道是世華。事實上，他已經三天沒出門了。

「喂……」志文有氣無力的接起電話。

「拜託，你是生病了嗎？」世華無奈的說。

「哪有呀……」

「就跟你說阿滿婆一點也不介意，你還要繼續這樣自責多久啊？」

「喔……」

這三天，世華每天照三餐打電話關心志文。他用盡了全力要志文不要將阿滿婆的事放在心上，但是志文一直耿耿於懷，說話就和活死人一樣，沒有精神、給人意志消沉的感覺。連世華要找他去祕密基地散散心，他也不肯；因為自責，他完全把自己關起來，不與外界接觸。

「唉！你這樣子，誰還能和你說下去。我還是那句老話，想清楚了就打給我！」世華說完後，便掛上電話。

志文這幾天的舉動，秀娟姨全都看在眼裡，她已經從世華那邊了解事情大概的經過，她一方面感到驕傲、另一方面又覺得愧疚，心情十分矛盾。

從小她就教導志文做事要懂得替別人著想，答應別人的事絕對不可以食言或反悔。志文現在的行為，不外乎就是因為沒有做到她的教導，所以才會發自內心的沮喪。看到志文知道要反省，秀娟姨感到欣慰；但又看見兒子困在自我責備煎熬中，秀娟姨又開始反思以前那樣教志文對他到底是好還是不好。

不過重點是，還是得讓志文趕緊恢復以往的開朗，再這樣悶下去也不是辦法。

「志文，今天是星期日，陪媽媽去市場買菜好嗎？」秀娟姨用非常溫柔的口吻邀請志文。

「可是……我不想出門。」一樣，又是那死氣沉沉的語調。

「媽媽需要有人幫我提東西耶！難道你要看我自己提著大包小包嗎？」秀娟姨說。

志文拗不住媽媽的請求，只好勉為其難的答應了。

走出家門那一刻，志文忍著想往阿滿婆家看的衝動，刻意的別開頭。

市場裡充滿著各個小販的叫賣聲，還有許多來買菜的婆婆媽媽興高采烈的聊天，只不過這些聲音對現在的志文來說，一點影響都沒有。

秀娟姨帶志文東逛西逛的，還替志文買了幾件新衣服，可是志文還是提不起勁來。因此，這個「市場散心」之旅，在半個鐘頭內就結束了。

回到家後，志文漫不經心的走回房間，看到書桌上有一張小紙條。

「是世華的字跡！他一定是從旁邊窗戶丟進來的。」志文心中想道。

上頭寫著：「我帶阿滿婆到祕密基地，你現在立刻出來！」世華端正的字體，就好像要志文非去不可，沒有拒絕的餘地。

志文心裡十分掙扎，他好想自然而然的對面阿滿婆。忽然間，他想起爸爸

說的一句話：「在哪裡跌倒，就要在哪爬起來！」沒錯，他要是再繼續逃避的話，事情也不會自己解決啊！於是，志文終於鼓起了勇氣，獨自一人走出家門。

由於腳傷的關係，又沒有世華的幫助，往祕密基地這條路顯得特別漫長又難走。

志文拖著沉重的腳步，總算走到了祕密基地的小路口，阿滿婆和世華早就已經在那邊等他了。

「我就知道你一定會來！」世華興奮的說。

「好孩子就不應該逃避呀！你自己說，你這幾天好受嗎？」阿滿婆義正詞嚴的說。

志文心虛的搖搖頭。

世華見狀便立刻說：「我們不要一直站在這裡啦！先進木屋裡再說吧！」

「你都不知道，這三天我快擔心死了！我好怕你會得憂鬱症！」世華認真的看著志文說。

志文邊傻笑邊說：「這是好人都會有的自然反應。」

阿滿婆聽到後補充道：「說得也是！」

「其實，今天找你們來這裡，是要告訴你們我的故事！」阿滿婆敞開話匣子說道。

志文開始感到納悶。「找你們來」這句話的意思，無非就是阿滿婆早就已經知道有這個祕密基地了。

世華神祕兮兮的對志文說：「你絕對猜不到的啦！」

志文一頭霧水的看著世華。

「這個小木屋，是我和我丈夫以前居住的地方！」阿滿婆對志文說。

「難怪我們會在妳家看到一樣的沙發！」志文有種突然被點醒的感覺。

他再看看旁邊的世華，毫無任何震驚的表現，可見世華一定早就知道了，於是志文表現出一副「你都不告訴我」的表情。

「不要看我！我有一直打電話給你，是你自己不出來的喔！」世華極力撇清的說。

阿滿婆清清喉嚨：「好啦！想知道這間木屋和我的關係嗎？現在開始好好聽我說！」

三人隨意的坐在地板上，等著阿滿婆再次說話。

「我出生在安徽省一個小村莊，我們家族在村莊中算是赫赫有名的，因此小時候父母親對我們的管教很嚴格，尤其是對女生！」阿滿婆開始娓娓道來。

阿滿婆繼續說道：「我六歲就開始纏腳，我母親老是跟我說，大腳的女人是嫁不出去的！所以小小年紀的我，每天都在忍受那種劇痛，無論大哭或是大叫都沒有用，我的腳還是每天都被折、被綑、被拗……就這樣持續了好多年。」

志文和世華聽了不禁起雞皮疙瘩，世華更是用力的搓手臂。

「我一直不曉得，生在有錢人家到底是幸運還是倒楣！即使天天都穿得很漂亮，但看見其他同年齡的小孩在奔跑、玩耍，我真的是忌妒不已！」阿滿婆語帶羨慕的說。

「總之，在我十六歲那年，因為父親過世，我們全家只好分散到大陸各地。而我母親便改嫁一位從前是我父親朋友的福建人，我跟隨著母親，就這樣來到了台灣。」

阿滿婆低下頭，眼神呆滯的看著她那已變形的雙腳說：「到我十八歲的時候，理所當然的就嫁給那位福建人的兒子。這就是他們所謂的『親上加親』，可是對我來說，無非是掉入一個萬丈深淵。」

「他……對妳很不好嗎？」志文膽怯的詢問阿滿婆。

「是好，也是不好吧！」阿滿婆給了志文一個不算答案的答案。

接著，阿滿婆繼續說：「由於我出生的環境背景，我從小就讀了很多書。但我的丈夫是標準的農人，所以我們常常意見不合，總是有吵不完的架。」

「不過這些對我來說都還好！我最不能忍受的，就是我繼父每次看到我雙

腳的樣子，他以為我想這樣嗎？」阿滿婆氣憤的說。

「可是，從前的男人不都愛小腳的女人嗎？」世華問道。

「對農村家庭來說不是如此，他一天到晚說我是他們家的寄生蟲。那雙腳害我沒辦法下田跟他們一起工作，走路又慢吞吞的！然後，又嫌棄我那些在腳上無法拆開清洗而發霉的裹腳布，他哪裡知道，一拆開我可能這輩子都別想再走路了！」阿滿婆怒氣沖沖的說完這一段話。

志文和世華也不知道該用什麼話來安慰阿滿婆，只好靜靜的看著她。

過了好一會兒，阿滿婆終於說：「小時候，我忍著裹小腳的痛，我母親邊流淚、邊替我裹腳的畫面，我到現在還記得很清楚！她知道我的痛，卻又受時勢逼迫，不得不做『傷害』女兒的事！嫁了人以後，我忍著整天被人嘲笑、唾棄的痛苦，踩著這一雙腳，頭都抬不起來。或許就是因為這樣，我的心才會日積月累的封鎖住，把自己關起來。」

志文不假思索的握緊阿滿婆的手，對她說：「妳可以從現在開始，重新過妳的新生活啊！」

阿滿婆苦笑說：「你覺得來得及嗎？我都已經幾歲了？」

「當然可以！憑妳的知識和才智，要去學校當老師都沒問題呢！」世華補充說道。

「你們這兩個小鬼頭真是愛說笑！」阿滿婆偷偷拭去差點留下的眼淚說。

聰明的世華趕緊轉移話題問：「那阿滿婆為什麼要搬離這間小木屋啊？」

志文附和著說：「對啊！這裡風景那麼好，怎麼會想搬走呢？繼續住著不是很好嗎？」

「是呀！但這間小木屋充滿了太多太多的回憶，我一時也說不清。你們年紀還小，以後你們就會了解了！」阿滿婆說。

「所以說，志文。」阿滿婆突然叫志文的名字，讓他嚇了一跳。

「你這幾天也都在忍耐對吧？忍耐心裡的不愉快、忍耐自責的痛苦、忍耐無法好好睡覺吃飯的困擾，就是有一件事一直卡在你心中！」

志文回答說：「真的，我這三天真的好難受喔！」

「沒有什麼事會比忍耐更難熬的了……」阿滿婆語重心長的說。

「人生本來就不是完美的，誰能保證我們走的路都是順遂的呢？有時候還是得看開一點，人生才會快活。不要像我活到七老八老才漸漸想通！」

「知道嗎？傻孩子！」阿滿婆用力的拍了一下志文的肩膀說。

「你也是，樂觀的眼鏡小子要保持下去喔！」

「哈哈哈！這是一定要的啦！」志文敞開心胸的笑了。這三天內，他第一次發自內心的感到輕鬆自在。沒想到，帶給他困擾的是阿滿婆；而為他解開困擾的，也是阿滿婆。

三個人就這樣靜靜的坐著，看著窗外的美景，體會這簡單的幸福。直到黃昏看見紅通通的太陽，才依依不捨的離去。

在下山的路上，阿滿婆和世華刻意放慢腳步，讓志文可以慢慢走，不要太急。

「我跟你們說啦！我的故事還很長很長勒！」阿滿婆對他們說。

正當他們笑嘻嘻的進入村子內時，好死不死遇到了張鐵木所長，他似乎是不敢相信眼前的景象，他最討厭的老太婆竟然會笑。志文他們也沒有很在意他的出現，對他點個頭就離去了，留下目瞪口呆的張鐵木。

「那我先走啦！」走到志文家巷口時，世華繼續往回家的路走去。

志文與阿滿婆兩人肩並著肩走進巷內。

志文對阿滿婆說：「阿滿婆，我和世華不知不覺佔用妳的房子一陣子了呢！」

阿滿婆不發一語，神祕的笑一笑便走進她家的院子。志文看著她的背影，顯得有些不知所措。

然後，阿滿婆在打開門的那一刻，轉頭對志文說：「我早就知道了！」

說完，便開門走進屋內。

而這回，目瞪口呆的人，非志文莫屬了。

第十一章

十八姑娘一朵花

「不要！我下次不敢了，別再打了！」

「煮這什麼菜，怎麼這麼難吃！這次要好好教訓妳，妳才知道我的厲害！」

「不要過來！啊！」阿滿婆從睡夢中驚醒過來，冒出一身冷汗，她坐起身摸摸臉上的兩道疤痕，陷入一場不堪的回憶中。

二十年過去了，就算丈夫已經離開那麼久了，這個惡夢還是伴隨著她，不時來擾亂她的生活，使她不得安寧。臉上的疤痕，不僅烙印在皮膚上，更深深刻在她的內心深處。

隔天志文起了個一大早，到後院做運動暖暖身，看到正在晾衣服的阿滿婆，便走過去向她打招呼。

「阿滿婆早啊！」志文有禮貌的說。

「早啊……你還起得真早呢！」阿滿婆滿面倦容沒有精神的說。

志文見狀後便問阿滿婆：「您昨晚沒睡好嗎？」

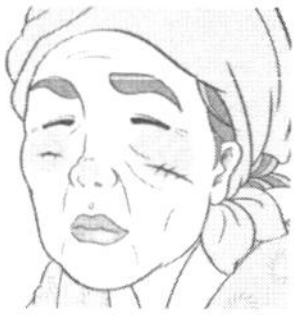

「不是很好……唉……我先回去啦！」阿滿婆一臉心事重重。

阿滿婆晾好衣服後，轉身準備進屋去，走到一半突然轉頭對志文說：「你的腳應該好得差不多了吧！等等要不要找眼鏡小子陪我去山上種種菜啊？」

「喔！好哇！我先去打電話。世華一定已經起床了，他都會早起看書！」接著，志文就以最快的腳步「走」到客廳撥電話。

三人相約在志文家門口，準備一同前往阿滿婆在山上的菜園。清晨的空氣新鮮，鳥兒在樹上歌唱、蟬在樹幹上發出有規律的鳴笛，連草叢裡的青蛙也蹦出響亮的叫聲。光復村夏日的早晨，像極了一場充滿各種樂器的交響樂團表演。

越往山上走，清晨的寒意越是明顯。志文不由得打了個冷顫，開始後悔剛剛因為太興奮而忘了帶外套。

走在旁邊的阿滿婆看見了，就脫下身上的外套披在志文身上：「笨蛋，雖然現在是夏天，可是早上還是會冷的。」

志文非常感動的說：「對不起，以後我會記得。但是阿滿婆外套給我穿，妳不會冷嗎？」

「哼！不要小看我，我這把老骨頭可強壯的呢！」

之後一路上，阿滿婆就沒再說過半句話，令志文和世華都感到很奇怪。

到了菜園後，阿滿婆要兩人先在旁邊等她，她要先到下面的小溪去取點水來用，因為下坡較危險，她堅持不要志文他們的幫忙。

阿滿婆離開後，志文立刻問世華：「欸！你有沒有覺得阿滿婆今天怪怪的呀？」

世華睡眼惺忪的看著志文，打了個哈欠說：「哈……有嗎？」

「有啊！她平常會和我們說很多話，但今天在路上她只說了一句話而已耶！而且，我看她的臉色也不太好呢！」志文擔心的說。

死腦筋的世華似乎根本沒發現阿滿婆的異狀，他拍了拍志文的肩膀說：「唉唷！這有什麼嗎？我想阿滿婆是跟我一樣沒睡飽啦！」

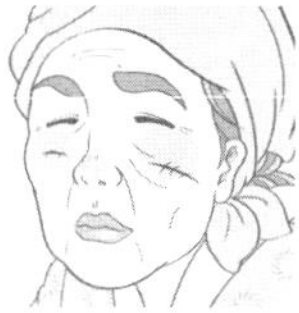

「最好是啦！不過你今天竟然沒有起床看書，還是我打給你，文珠姨才叫你起來的！」

「哈！對啊！因為昨天我爸媽到村長家去喝茶，比較晚回家。我整個晚上都在陪世奇玩科學小飛俠的遊戲，莫名其妙被他拳打腳踢的！」世華邊打哈欠邊說著。

「還好我沒有弟弟！」志文假裝慶幸的對世華說。

「嗯！我真羨慕你。」世華也開玩笑的回應志文。

兩人說完後，阿滿婆提著兩大桶水走了回來。世華看見後趕緊過去幫忙，因為志文的腳尚未痊癒，現在暫時還不能跑步、提重物。

阿滿婆要世華把水桶放在菜園旁邊，吩咐兩人說：「志文的傷還沒全好，先在旁邊休息，等等澆水就好；眼鏡小子你先過來和我一起採收吧！」

於是，阿滿婆和世華分別從菜園的兩側開始採收已經成熟的作物，有茄子、小番茄、小白菜等蔬菜。

志文在一旁觀看，一邊觀察著阿滿婆。要是以前，他盯著阿滿婆看，她一定會馬上發現，然後問他在看什麼，可是今天的阿滿婆卻沒有注意到志文在看她，只是靜靜的在收菜。

即使心中認定阿滿婆絕對有心事，但志文也不敢問她，況且目前她和世華都在忙，他也只好先靜觀其變。終於輪到他澆水以後，艷陽已經高照好一陣子了，世華滿頭大汗的走上來大口的喝水，而阿滿婆只是在菜園旁席地而坐，拿著扇子面無表情的搧風。

志文很快的就澆好了水：「阿滿婆，全都澆好了！」

「嗯！謝了！我袋子裡有放紅龜粿，你們先拿去吃吧！一早就被我叫出來幹活，早餐也沒吃，真是辛苦了！」阿滿婆對兩人說。

「太棒了！快餓死了，我剛才都不敢說我好餓！」話一說出口，世華立刻摀住嘴巴，他以為阿滿婆會狠狠訓他一頓。出乎意料的，阿滿婆一點反應都沒有，繼續搧著扇子。

三人靜靜的坐在菜園旁的樹下吃紅龜粿，世華感到氣氛有點尷尬，他和志文交換了個眼色，於是志文便說：「阿滿婆，妳……還好嗎？」

阿滿婆放下手上的紅龜粿，看著志文和世華說：「不知道從什麼時候開始，我只要心情不好，第一個想到的就是你們兩個！」

「也許是因為常常和你們說我的過去吧！以前我都會把不愉快隱藏起來，沒有人會知道我的心情怎樣。反正在大家眼中，我永遠都只是個怪異又凶巴巴的老太婆，我也只敢在你們面前表現真正的自我。」阿滿婆低下頭說。

「那是什麼事情讓妳這麼不開心呢？」志文急切的問。

阿滿婆無奈的說：「你們相信我會被一個惡夢困擾了二十多年嗎？好笑的是，這個惡夢還是現實發生過的事。」

世華疑惑的問：「惡夢？」

「沒有錯……是關於我臉上的這兩道疤痕。除了我和我先生之外，沒有其他人知道這傷痕是怎麼來的。」

阿滿婆緩緩道來：「自從嫁給了我繼父的兒子後，因為我和我母親都是小腳，除了在家做家事之外，也沒有其它事可以幫忙，這對從前過著富裕生活的我們是個困難的磨練。」

「還好我繼父對我母親還挺照顧的，看她年紀漸漸大了，也不忍叫她做太多事！因此，所有家事自然而然就落在我肩頭上了！」

阿滿婆接著說道：「十八歲那年剛嫁給我先生的時候，他待我其實很好，每次看到他父親指使我、怒罵我，他都會跳出來替我說話。可是過了一兩年，我的肚子始終沒有消息，無法為他添個兒子，他對我的態度就開始越來越差。」

世華明白那種被大家期望要生男孩子的壓力。想當年他年紀還小時，他奶奶整天都跑來家裡要文珠姨多生幾個金孫給她抱抱。他常看到媽媽每次跟奶奶說完話後，那愁眉苦臉的臉色，因此，他打從心裡的同情阿滿婆。

阿滿婆吸了一大口氣，繼續說：「我丈夫的親生母親在他很小時就過世

了，家中就他一個男孩子，因此傳宗接代的重責大任當然就落在他身上。」

「因為生不出孩子，他除了對我態度有一百八十度轉變外，還開始對我拳打腳踢，常常跟我繼父一起辱罵我。所有不如意的事情都是我的錯，下雨天是我的錯、燈泡壞掉是我的錯、連田裡的菜被蟲吃了也是我的錯……各種大大小小的事，只要他不開心，什麼都可以遷怒到我身上來。我母親每次看到我受委屈都很心疼，但她也不能說什麼，只能私底下跑來安慰我，要我加把勁生孩子。」

聽到這邊，志文與世華兩人不禁默默的掉下眼淚。

「而我臉上的這兩道疤痕……」阿滿婆切回正題說。

「只是因為他嫌我煮的菜不合他的胃口，他竟然一氣之下，去廚房拿菜刀往我臉上劃過去……」

「當他看見鮮血從我臉上流下時，他才發現自己犯下大錯，急忙把我送去醫院。但這兩道疤痕，永遠也不會消失了……有事沒事就跑到夢境中困擾著我。沒有孩子我也很難過啊……我也很希望能有個孩子可以陪伴我們，可是一直沒有辦法，我想是天註定吧！」

「嗚嗚嗚……他……真是……太壞了啦！」世華邊吸著鼻水邊說。

「眼鏡小子，不是我在說，你每次哭都一把鼻涕一把眼淚，真是難看！」阿滿婆看著世華說。

「志文怎麼也在哭啊？你們兩個是怎麼回事！」

阿滿婆話才說出口，兩人的眼淚就像水龍頭一樣流個不停，哭得一發不可收拾。

「喔！天呀！拜託你們兩個快點停止，要是被張鐵木看到我就完蛋了！」

「阿滿婆，我們都不知道，以前還一直說妳很可怕……對不起！嗚……」世華邊哭邊說；而志文只是安靜的哭，沒有出聲。

「你們要說什麼都可以，別哭了！我真的很害怕張鐵木看到，等一下又說我欺負你們！」

聽到這句話後，兩人趕緊用手將眼淚擦掉，異口同聲的說：「沒有，我們哪有哭呀！」

阿滿婆露出溫柔的微笑說：「要是你們是我的孫子該有多好！三十歲那年，我繼父和母親相繼過世，我就獨自跟著丈夫過了二十年的生活，直到他過世。」

聽完阿滿婆這段告白後，志文與世華兩人對阿滿婆更是打從心裡的敬佩。裹小腳已經讓她那麼痛苦了，沒想到還遇到這種丈夫，到老了還一直被所長欺負，阿滿婆的一生真是坎坷難行啊！

「以後有什麼不開心的事情，妳都可以跟我們訴苦唷！」志文信誓旦旦的對阿滿婆說。

世華也跟著說：「我們絕對會像妳孫子一樣，好好孝順妳的！」

「瞧你們兩個小鬼，哪天你們媽媽會不會來跟我說，她們的兒子都被我搶走了！」阿滿婆笑得合不攏嘴。

三人繼續吃著剩下的紅龜粿。

「十八歲本應該是一個少女變成大人的快樂時光，但對我們那個時代的很多女人來說，都只是痛苦的開始。」阿滿婆繼續剛才的話題。

「人們常說，十八姑娘一朵花，應該是一朵鮮豔美麗、剛盛開的花朵，而我應該是朵枯萎的花吧！」阿滿婆自嘲說。

「你們的祕密基地，我先前說過了，是我丈夫家的房子！他過世以後，我因為不想承受太多不愉快的回憶，所以就搬出來了。」

「而村裡一些和我年紀相仿的婦人，即使知道有我這個人的存在也不想和我打交道，在她們眼中我只是個奇怪的女人而已。年輕時我也把自己封閉起來，不怎麼和她們說話聊天。」

世華驚訝的說：「難怪每次問我奶奶，她都說和妳不認識！」

「你這好小子！竟敢隨便調查我！」阿滿婆假裝以凶狠的眼光看著世華。

不過此時的世華不再害怕了，他還傻笑的看著阿滿婆說：「因為我好奇

嘛！」

志文也說：「就是因為我們都好奇嘛！」

「哈哈哈哈哈！真是兩個臭小鬼！」阿滿婆開心的大笑起來。

當天晚上，志文坐在書桌前翻開暑假作業，有一篇要自訂題目的作文，他決定題目要訂為「十八姑娘一朵花」。

雖然大家都知道這句話，但並不是所有女人的十八歲都過得很美好，也有些女人一直都過著被人欺負、困頓終生的日子。所以志文想要用這句話，來描述女性的一生應該由她們自己做主，而不是事事都得聽從男人或長輩的話。

「我以後一定要常常去陪阿滿婆，她寂寞太久了，接下來幾年，絕對不能再讓她孤孤單單的生活著。」志文心中暗自下了決定。

志文回想起今天一整天阿滿婆情緒的轉變，其實阿滿婆表面再怎麼凶惡，內心也只是個平凡人，長期用一張臭臉來面對人群，無疑是要保護她那顆傷痕累累的心，因為她害怕一與外界接觸又會受傷害。

現在志文和世華兩人，在不知不覺中將阿滿婆的心打開，讓她願意敞開心懷，對他們訴說她的苦悶與憂愁。這對阿滿婆來說，肯定是一件好事。

「阿滿婆還說希望我們是她孫子耶！」志文心裡覺得好榮幸。

「要是我有一個這麼有知識的阿嬤，我也會很高興！」

於是志文開始動筆，他一一寫下自己的看法，文章中不斷的提到「女性自主權」、「女性主義」等字眼，可見阿滿婆的故事，讓他懂得開始重視「人人生而平等」這個道理，人無論男女貴賤，都應該是平等的。

寫完後，志文心裡有數不清的感受，他帶著五味雜陳的心情上床睡覺。在睡意來襲之前，志文心中決定：「明天我還要去找阿滿婆！」

第十二章
眼淚

暑假漸漸進入尾聲，不出世華所料，志文又在拼命的趕作業了。

「唉！每次都這樣，我……」

「我早就告訴你了！」志文搶著世華的話說。

「你與其在旁邊碎碎唸，為什麼不過來幫我的忙呀？」

「你這個壞習慣再不改，誰也救不了你！」世華嚴厲的對志文說。

志文開始懇求世華：「世華老大，拜託你啦！難道你忍心看我趕作業趕到沒時間睡覺嗎？」

「不用來這招，這次我說什麼都不會幫你！」世華堅決的說。

「吼！你太不夠朋友了啦！既然不幫我，你為什麼要跟我一起來祕密基地？」

「我想看風景，好好休息一下不行呀！」

「你在旁邊納涼，我怎麼能專心寫作業？這樣會影響我耶！」志文說。

「好啦！好啦！拿來啦！這次我只幫你寫一科而已。」世華總算妥協了。

達到目的的志文開始拍世華馬屁：「你真是我的好兄弟，這麼有情有義，將來一定是了不起的人物！」

世華哼了一聲說：「我看透你了啦！」

於是，兩人便開始展開「暑假作業大趕工計畫」。阿滿婆替兩人找來了一張桌子，以後他們要看書、寫作業就更方便了。雖然房子是阿滿婆的，但她也不吝於將這麼好的木屋與志文和世華分享，因為她心裡早已將兩人當作是非常要好的朋友了。

「喔！手好痠唷！」志文用力的甩甩手抱怨著。

「我都在幫你寫了，你還一直叫，真是吵死人了！」世華不耐煩的指責志文。

「好啦！好啦！廖世華老大，現在你最大！」

「知道就好！」世華大聲的說。兩人就這樣寫了將近三個小時。世華到後來，即使還是很生氣，卻還是幫志文做了其它作業，這是每次暑假尾聲都一定會發生的事。不知不覺，又到了黃昏時刻，兩人決定趕快回家以免家人擔心，況且志文的作業有了世華的幫忙後，現在只剩下一兩樣了。

「每次都為了幫你搞到那麼晚！剩下的你自己寫。還有三天開學，我想應該來得及！」世華先是責備，再督促著志文。

「世華兄，你肯幫我，我太感動了！要是沒有你，我真不知道該怎麼辦！」志文又開始拍世華的馬屁。

「呿！我早就不吃你這套了！」

「你講了一整天，我都快吐了！」世華嗤之以鼻。

回家的路上，世華一直對志文碎碎唸，說他老是偷懶不用心，這個暑假是因為腿受傷也就算了，可是前幾個暑假他哪次沒幫他寫作業。志文知道世華只是在發牢騷，而且世華也幫他做了功課，所以任由他講個不停，自己就在旁邊頻頻點頭道歉。他們走出山腳下的路口後，遇到了正在巡邏的張鐵木所長。

「你們兩個怎麼又跑到山上去了？」張鐵木嚴厲的問。

「是不是阿滿婆帶你們去的？」張鐵木想起上回看到三人在一起的場景，有意的向四處張望。

「那個……我們去看風景！」世華支支吾吾的說。

「你們自己去？那上次為什麼會和阿滿婆走在一起？」

「尤其是你，志文！上次被她害到受傷，你竟然還敢接近她！」張鐵木正經八百的說。

這下志文可生氣了，他忍住想要大聲罵張鐵木的衝動，吸了一大口氣，努力的靜下心說：「你根本就不懂阿滿婆，請你以後不要再那麼說了！」

看著志文努力平息怒氣的樣子，張鐵木也只好說：「我是不知道那老太婆怎麼洗腦你們的，目前我也不想和你爭，不過我還是勸你們離她遠一點！」

這次世華的肚子總算叫對時間了。世華摸了摸在哀嚎的肚子說：「所長你也幫幫忙，我媽媽在等我回家吃飯耶！」

張鐵木見狀只好說：「好吧！你們趕快回家吧！但是以後還是少到山上

來，兩個孩子這樣亂跑太危險了。」

世華趕緊拖著擺著一張臭臉的志文離開了。他們不知道，張鐵木現在正要去找阿滿婆的麻煩，而且還是個大麻煩。

張鐵木在志文和世華都回到家後，到了阿滿婆家。

「你沒有資格趕我走！我在這裡已經住了大半輩子了！」阿滿婆面紅耳赤的說。

「過去妳做過那麼多不良的事，我就不跟妳計較了！」

「這次剛好，這棟房子的屋主羅進財先生已經把房子賣給我了，從現在開始我就是這棟房子的屋主。」張鐵木的話語中沒有一絲的感情。

「他怎麼會突然把房子賣給你？」阿滿婆連忙問道。

「沒有必要一一向妳報告吧！總之這陣子妳可以慢慢收東西了，等妳搬走我會帶著全家搬進來住。」說完，張鐵木頭也不回的走出阿滿婆的家門，留下錯愕又無助的阿滿婆。

聰明的阿滿婆，覺得事情並沒有那麼單純。房子的屋主羅先生搬去台北已經很多年了，兒女也都和他居住在一起。而且，她只要再繳一年的房租，這棟房子就會到她的名下了，這是當初早已和屋主說好的，還有白紙黑字的合約可以證明呢！現在突然要她搬家，除了那棟充滿痛苦回憶的木屋之外，她也沒別的地方可去，她實在很害怕搬回去後，她會被波濤洶湧的回憶給困住。

總之，現在對阿滿婆來說，最要緊的還是把事情查清楚。

隔天，志文起了個大早，對於昨天張鐵木的不講理，他仍感到十分生氣，因此一整夜都沒睡好。他決定要乖乖的把剩下的作業寫完，當他走到家門口伸懶腰時，他看見阿滿婆垂著頭經過他家門口，他急忙和阿滿婆打招呼，沒想到阿滿婆給他的回應，會是如此令人震驚。

「志文，我要和你們說再見了！」阿滿婆含著眼淚說。

昨晚張鐵木離去後，阿滿婆隨即打電話給在台北的房東羅先生，向他詢問房子的問題。

房東回答，由於他做生意失敗，正感到一籌莫展的時候，接到張所長的來電。張鐵木表示自己非常喜歡志文家隔壁的那棟房子，願意出錢買下那棟房子，解決羅先生一家的財務危機。

「他費盡心思想把我趕出光復村。這次，我狠狠的被他擺了一道……」阿滿婆失落的說。

「他太過分了！我們光復村的臉全部都被他丟光了！」志文怒氣沖沖的說。

阿滿婆搖了搖頭說：「我真的無法再回到以前那個家住，但現在屋主既然是他，我也只能順從他的意思了……」

「可是，這對妳來說一點都不公平！」

志文氣憤難平的接著說：「到底要怎樣他才肯罷休呢？」

阿滿婆無可奈何的回答：「有辦法，就是我向他買房子。但我一時之間哪來那麼多錢呢？」

阿滿婆再次流下眼淚，嘆了口氣說：「唉……我也只能認命了。」

志文覺得一切真是太沒有天理了，他沒有想到張所長竟然會做出這樣的事來，可是如今又有多少人會站在阿滿婆這邊？

「阿滿婆，我回去跟我媽媽說，請她一起想辦法！」志文急切的說。

阿滿婆擦了擦眼淚，揮揮手對志文說：「不用了，我得先來整理東西了。」於是，阿滿婆就請志文回家，輕輕的關上門。

回到家後的志文，趕緊跟秀娟姨訴說阿滿婆的狀況，並打電話跟世華一家說這個壞消息。世華得知後，不久便和文珠姨一起來到志文家商量對策。

「看來這次張鐵木是玩真的。」文珠姨說。

「倒不如我們一起替阿滿婆籌錢買房子好了！」秀娟姨提議道。

文珠姨用力的搖搖頭：「不行！以她的個性是不會輕易接受別人幫助的。」

「那現在該怎麼辦才好？」在一旁的志文問道。

「志文，你跟世華先去房間裡面，我來和文珠姨談就好了！」秀娟姨命令著志文。

「可是……」

「不用可是了，大人的事情小孩不要管，先進去吧！」秀娟姨嚴厲的對志文說。

兩人進到志文房間後，志文跟世華說他看到阿滿婆掉眼淚，心中非常不忍，卻又沒有能力幫忙阿滿婆，覺得很難過。

「我們都還是小孩，要是我們有錢就好了！」志文看著正在沉思的世華說。

世華回答道：「就算有錢，阿滿婆也不會要我們出錢幫她的！」

「那我們就只能眼睜睜的看著阿滿婆離開嗎？」志文傷心的掉下眼淚。

「你明明知道她幫了我們那麼多忙的……可是她現在遇到困難，我們卻什麼忙都幫不上……」志文難過的說。

世華的心裡，其實也和志文一樣著急。不過，也許是因為上次經歷過志文昏迷的事件後，他比較懂得保持冷靜，他知道這種時候大哭大鬧、亂發脾氣都沒有用，一定要靜下心來才會想出辦法，這是阿滿婆告訴他的。

所以，世華忍著不要與志文一起生氣，他靜靜的坐在一旁思考可行的方法。

志文哭累了、喊累了，就默默的坐到床上，六神無主的發呆。

終於，世華開口說話了：「既然我們都明白，一切都是張所長的陰謀，就應該要讓大家相信阿滿婆確實受到他的欺負！」

「問題是，現在村裡的人對阿滿婆，有兩派不同的看法，要怎樣才會讓所有人都相信呢？」志文問道。

世華站起身來，在房間裡來回踱步，然後說：「這可不是那麼容易的！」

「吼！你是在說廢話嗎？」志文氣惱的說。

世華不理會志文，繼續說道：「我們不需要費盡唇舌來和大家解釋，我們可以『做一件事』讓大家相信阿滿婆，讓阿滿婆可以靠自己把房子買回來。」

「做什麼事？」

「不管阿滿婆做什麼，所長一定都會來找碴的啊！」志文激動的說。

「所以我們要聚集起來幫阿滿婆，但又不要讓阿滿婆認為大家是在幫她！」世華說出自己的想法。

「你到底在說什麼啊？我聽得『霧煞煞』！」志文滿臉的疑惑。

世華解釋道：「簡單來說，就是讓阿滿婆短時間內自己賺到錢，我們只能從旁協助她！」

世華接著說：「你覺得阿滿婆擅長什麼？」

志文仔細回想後便說：「她會講故事、很有知識、做紅龜粿……」

「沒錯！就是紅龜粿！」世華開心的跳起來。

「欸！你從剛剛到現在到底在說什麼？老實說我從頭到尾都聽不懂！」志文如墜五里霧中。

「阿滿婆可以做紅龜粿自己賣啊！」世華說。

志文仍舊一頭霧水。

「你看，阿滿婆個性倔強，她不會平白無故就讓大家幫助她！」

「今天讓她自己做紅龜粿出來賣，我們這些相信她的村民，可以藉由跟她買紅龜粿，幫助她一起籌錢！」世華越說越起勁兒。

「而且重點是，阿滿婆的紅龜粿是真的好吃，這是你我都知道的事！」

志文點點頭說：「這個方法是不錯啦！但是阿滿婆願意嗎？」

「我們先出去跟我媽她們說說看，看她們肯不肯支持我們！」世華說。

兩人興沖沖的走出房間，立刻向秀娟姨及文珠姨提出他們的看法。果不期然，文珠姨她們也認為這個辦法的確可行。

這下世華可樂壞了，他不停的誇讚自己：「喔！我怎麼會如此聰明！」

不過，大家都在擔心阿滿婆的狀況，因此也沒有任何人出來調侃他。

「我等等就去召集村裡相信阿滿婆的村民，簡單的跟他們解釋事情的始末！」文珠姨說。

「不過賣紅龜粿要在短時間內籌到那麼多錢還是有難度，總之，就先做了再說吧！」秀娟姨也在一旁附和著。

「好啦！廖世華，你別再笑了！難得你想出好辦法，我以前沒跟你說過做人要謙虛嗎？」文珠姨對著世華說道。

「媽！您應該覺得榮幸才對！」世華厚臉皮的笑著說。

「你這臭小子！」

說完，文珠姨便與世華一起離開去拜訪村民。

志文及秀娟姨則去向阿滿婆提出這個建議。

情緒跌到谷底的阿滿婆聽到後，雖然知道這是志文他們想出來要幫助她的辦法，但在無計可施的情況下，她決定就抱著姑且一試的心態試試看。

阿滿婆的紅龜粿攤，在不知不覺中即將要問世了。

第十三章
我也可以當老闆

經過討論後，大伙兒決定要將紅龜粿的攤位設在村子口，以流動式推車來販賣。整個過程從世華提出意見到正式開張，時間不到一個星期，可見是非常匆促的。在開張的前一晚，志文一夥人都十分焦慮不安。其實大家都心知肚明，短時間內根本不可能籌出那麼多錢買回房子，而且就算有錢，張鐵木也不一定會賣。他們主要是希望能讓張鐵木可以看到阿滿婆的堅持與辛苦，看到阿滿婆的優點，然後把房子還她，別再為難她了。

這晚，志文和媽媽請世華和文珠姨到家裡，再次確認明天開張的時間和流程。「為什麼張所長會那麼討厭阿滿婆呀？」志文問著正在喝茶的文珠姨。

文珠姨放下茶杯，閉上眼睛說：「我想，應該是他的孩子曾經被阿滿婆嚇到三個月不敢自己睡覺吧！而且，所長的太太在孩子很小的時候就過世了，孩子沒有媽媽照顧，他肯定非常心疼。」

「喔?有這回事，我怎麼都沒聽說過？」秀娟姨疑惑的問。

「因為所長掩飾得很好呀！我也是前一陣子去喝喜酒時剛好跟所長坐同一

桌，在酒酣耳熱下他自己說出來的。」文珠姨說。

「跟他同桌的人竟然都沒說出來！」志文訝異的說。

「當然囉！我們光復村大多數的人，都不是那種愛道人長短、亂講是非的人。」文珠姨接著說：「況且，所長也是在自己不知情的情況下說出口的，想必他已經憋在心裡很久了，是想說又不敢說吧！」

「張所長的心情還真是矛盾！」秀娟姨回應著。

「是呀！我們家世奇也很怕阿滿婆，也常常被嚇哭，犯不著那麼大驚小怪的吧！」文珠姨不以為然的說。

「哎呀！不知不覺就離題了。剛才說到哪了？我們還要準備什麼？」文珠姨連忙問道。討論過後，志文和世華兩人開始製作海報，準備要貼在推車上吸引群眾目光；文珠姨及秀娟姨則是到阿滿婆家，幫忙做紅龜粿的餡料。

「春滿紅龜粿，包准你吃了信心滿滿！」志文大聲的唸出世華寫在海報上的字。

「怎麼樣？還不錯吧！唸起來還挺有格調的！」世華驕傲的說。

「我今天才知道阿滿婆的名字叫春滿。」志文說。

世華聳聳肩並對志文說：「我也是呀！我媽跟我說我才知道的！」

「其實阿滿婆的名字聽起來還滿有親和力的！」

「我也這麼認為。」

接著，兩人繼續討論還有哪些字眼可以吸引人的注意。另一方面，在阿滿婆家幫忙的文珠姨及秀娟姨，所在之地的氣氛似乎就比較凝重些。

阿滿婆輕輕的揉著米糰在發呆。一旁的秀娟姨見狀後便說：「阿滿婆，您別擔心。人在做天在看，老天爺都是疼好人的！」

文珠姨也跟著說：「是呀！自從上次您救了志文以後，村里大多數的人對您的印象都改觀了，那些愛亂說話的人就別理他們了！」

阿滿婆勉強擠出一絲微笑：「謝謝妳們！沒有妳們我真不知該如何是好……」然後，又陷入了一陣沉默。

大家只是尷尬的各自準備材料，誰也不敢先出聲，直到阿滿婆被鍋子燙到手之後。

「啊！」阿滿婆不經意的輕聲呼痛。

「您還好吧？」秀娟姨擔心的問。

「沒事、沒事，我老糊塗了！」阿滿婆邊用冷水沖洗被燙傷的地方邊說。

文珠姨再也看不下去了，她搖了搖阿滿婆的肩膀，堅定的對她說：「阿滿婆，如果連您都放棄了，那我們現在做再多的努力也沒有用！」

「是呀！現在先不要去想結果，應該打起精神來的。」秀娟姨跟著說。

「您看看志文和世華兩個孩子，小小年紀就懂得分辨是非善惡，現在他們也是努力的在為明天開張做準備呀！阿滿婆，對我們來說，目前最重要的是您的態度，您有沒有想要賭一賭的勇氣呀！」文珠姨喘了一大口氣，說完這一長串話。阿滿婆感動得熱淚盈眶。是呀！她要是現在就低頭，不就輸在起跑點上了嗎？接下來根本就不用玩了！

她擦了擦眼淚，對文珠姨說：「還好妳點醒了我！我會加油的！」

阿滿婆用力的甩開米糰說：「好戲上場囉！」

「來喔！來喔！春滿紅龜粿，讓你運氣滿滿唷！」

「料多實在的紅龜粿，不吃你會後悔喔！」

「快來買又香又Q的紅龜粿唷！」

志文與世華絞盡腦汁想出各種的說詞，要吸引大家的注意。果不期然，店才一開張，攤子前就聚集了許多好奇的群眾。

「是在賣什麼？哇！好香唷！」

「那不是阿滿婆嗎？她會做菜喔？」

「媽媽，那紅紅的是什麼？好香，我好想吃喔！」人群裡充滿著各式各樣的聲音，有疑惑、有興奮、有驚訝，不過不管是好是壞，這對志文他們來說都是好的，因為紅龜粿攤果真吸引了大家的關注了。

「我要一個紅龜粿！」一個先發制人的清亮聲音，蓋過了所有吵鬧的雜

音。

「沒問題！」志文向那人回應道。此時，世華驚訝的大叫：「劉老師！」

劉老師笑臉盈盈的朝兩人走來，她對阿滿婆點點頭說：「你們和阿滿婆的事我多多少少有聽說了，大家都說你們走得很近，現在你們還來幫忙賣紅龜粿，真是了不起！」

世華害羞的搔了搔頭：「啊！沒有啦！這一切都是緣分！」

志文也接著說：「對呀！這一個暑假是我經歷最特別、最豐富的假期。」

劉老師開心的點點頭，將頭湊到志文和世華的耳邊小小聲的說：「你們要加油唷！老師也是相信阿滿婆的！」

然後，劉老師便向阿滿婆眨了眨眼：「如果好吃，我會推薦大家來買的！」說完，劉老師就先離開了。大伙兒看見劉老師買了紅龜粿，也紛紛爭先恐後的排隊，因為紅龜粿的香氣實在太誘人了。

志文和世華有了劉老師的鼓勵，又看到現在紅龜粿賣得還不錯，在開張的第一天真是個好彩頭，所以兩人就叫賣得越來越大聲、越來越起勁。當氣氛正熱鬧的時候，張鐵木出現了，他拿起掛在脖子上的哨子，用力的一吹，在場的所有人馬上將目光轉向他的身上。

「這是在幹什麼？」張鐵木嚴厲的問。

沒有人敢說話，很多在排隊的村民只是低頭摸摸鼻子，就趕緊走人、逃離現場。最後，在場的人加上志文、世華和他們的媽媽，不到十個。

「沒有我的許可，怎麼可以擅自在村口擺攤賣東西！」張鐵木生氣的說。

文珠姨站出來說：「所長呀！話可不能這麼說。上個月桂花婆因跑船的兒子突然溺水，躺在床上一個月不能起床，你還不是讓桂花婆到巷口擺攤賣麵線！現在阿滿婆有困難，當然也可以到這裡來賣她的紅龜粿啊！」

「妳們是想讓她賣紅龜粿買她的房子嗎？」張鐵木問。

「哼！想都別想！」

「你們這些人真是奇怪，問都不問一聲就擅自決定。你們就那麼肯定，她

有錢我就會把房子賣給她嗎？」聽到張鐵木這一番話，在場的每個人都十分惱火，尤其是志文，他真恨不得立刻衝向前去給張鐵木一個拳頭。

還好理性終究還是戰勝了激動的情緒，志文忍著心中那股衝動，對張鐵木說：「所長，你說我們這些小孩子，有哪幾個不怕阿滿婆？」

張鐵木挑起眉毛問：「你這話什麼意思？」

志文直接了當的說：「你的小孩被阿滿婆嚇到不敢自己睡覺，我們小時候不也是嗎？世奇不也是嗎？但是我們的父母有因為這樣，就一天到晚找阿滿婆麻煩嗎？」

志文氣憤難平的繼續說：「就算他們心裡覺得阿滿婆帶給他們困擾，但都只是嘴巴抱怨一下罷了，怎麼會想把一個孤苦無依的老婆婆趕走呢？你有沒有想過，她走了以後，還有哪裡可以去？」

大夥兒被志文的一番話嚇得目瞪口呆。秀娟姨雖然為志文的正義感到驕傲，但仍舊板起臉來說：「志文，無論如何對所長不能那麼沒禮貌，他是長輩，趕快跟所長道歉！」

志文紅著臉，毫無表情的看著張鐵木，心不甘情不願的說：「我為我剛才的無禮跟你道歉，所長。」

張鐵木沒想到，他討厭阿滿婆的原因，竟然會被志文毫無掩飾的說了出來。

其實誰想當壞人呀！可是只要想到寶貝兒子那三個月睡不好，每到晚上就會沒有安全感的大哭，況且又沒有媽媽陪在身邊，真是叫人心疼！每次想到這邊，他對阿滿婆就有說不完的氣。

看到被志文說破而無言以對的張鐵木，文珠姨馬上趁機說：「我說所長呀！現在你的孩子每天吃好睡好的，你就別再計較了啦！」

「是呀！況且現在的阿滿婆跟以前也不一樣了，她看到我們都會打招呼，還對我們微笑呢！」在一旁的少數村民也頻頻點頭道。

一時之間，張鐵木也混亂了，他頭也不回的轉身快步走開。

「現在是怎樣？」世華無厘頭的問。

「你別吵啦！我想他只是需要好好思考一下。」文珠姨說。

之後，雖然一整天仍有許多人經過紅龜粿攤，但因為早上發生的事件，讓大家不敢再靠近攤位，只有少數幾個之前秀娟姨她們去拜訪的村民有來光顧。

太陽下山後，大夥兒簡單的收拾一下東西，便推著車子離開了村口。

這時，一整天都沒什麼說話的阿滿婆突然說：「唉！這些人真是太沒有眼光了，我的紅龜粿可是世界第一好吃的呢！」

大家聽了以後都哈哈大笑，鼓掌叫好。

阿滿婆笑著說：「你們放心，我不會輕易放棄的！其實今天一開始的人潮很多，表示大家都對我的紅龜粿有興趣！後來是因為所長的出現才把大家都嚇跑。我有信心，我的紅龜粿可以讓大家放下對所長的恐懼！」

志文和世華聽到後，也異口同聲的說：「那是當然囉！」

阿滿婆的心情，如今是非常感動的。她沒有想到，孤單了那麼久，竟然還會再次走向人群，感受到無比的溫暖，而帶領她走出來的，還是兩個天真單純的孩子。就算湊不出錢，或是張鐵木房子不賣她，她似乎也不會那麼難過了。

「讓我們快樂的走向前，為明天做好準備！」志文振奮士氣的喊。

「你那麼有精神是很好，不過……你暑假作業應該做完了吧？」世華懷疑的問。

「啊……哈哈哈！」

「喔！不是我要說你……」只見世華又擺起老師的姿態，而志文仍舊繼續裝傻。一行人聽到兩人的對話，都不由得再次大笑。大家就這樣嘻嘻哈哈的，伴隨著火紅的夕陽走在回家的路上。

志文看著眼前即將落下的太陽，不禁想到阿滿婆的紅龜粿，它可以溫暖他們的心，必定也可以帶給更多人溫暖。

第十四章

強強滾

「什麼？再三天就要開學了！」志文難以置信的看著暑期行程表。

「對啊！你幹麻那麼驚恐？」世華不以為意的說。

志文用力的跺腳，並開始哀聲嘆氣：「吼唷！我才想說開始好好幫阿滿婆賣紅龜粿勒！要是我們不在那叫賣，我擔心會沒有人潮！」

「但是我們也不可能每天都到那邊去呀！」世華說。

「不過說也奇怪，三天過去了，所長除了第一天跑去叫囂外，這兩天都沒有出現囉哩囉唆耶！」志文訝異的說。

「也許是因為他想通了吧！」

「希望如此。」

中午時分，兩人躺在祕密基地的地板上，閉上眼休息片刻，聆聽蟲聲蟬鳴，等等還要去幫阿滿婆叫賣。這個暑假肯定會令他們永生難忘。經歷了一連串風風雨雨，對阿滿婆從畏懼到欣賞，一切都是那麼讓人難以置信。

「哈！感覺我們可以寫一本書了！」志文半開玩笑的說。

他揉揉眼睛，繼續說道：「沒想到有一天我們會變得跟阿滿婆那麼要好，她就像我們的朋友一樣！」

世華也說：「三個月前我看到她都還會發抖耶！事情竟然可以轉變得那麼快！」

「俗話說得好，『人不可貌相！』長得再醜、其貌不揚的人，一定也有值得我們學習的地方。不能因為一個人的外貌，而評斷他的好壞。」志文說得頭頭是道。

「哇賽！現在到底誰是老師啊？」世華故意嘲諷志文說。

「哈哈哈！當老師的感覺其實還不錯嘛！」志文頂著世華的肩膀說。

「話說回來，還是要謝謝你昨天幫我把剩下的作業一起做完！你也知道國語是我的弱科，每天寫日記真是讓我頭痛。」志文感激的對世華說。

世華不以為然的回答：「呿！你還敢說勒！要不是我厲害，可以幫你『掰』每天的日記，現在看你怎麼寫得出來！」

「好啦！好啦！你不要再唸了！」志文坐起身來。

「誰叫你的『特有慣例』實在嚴重到一個極點。」世華嚴厲的說。

「知道了，我們走吧！」志文快速的轉移話題並衝下樓，跑到門外。經過這段時間的休養，他總算可以越跑越快了。

「哼！每次都來這套。欸！你現在可以跑步就開始囂張囉！等我啦！」說完，世華也趕緊跟上志文的腳步。

來到阿滿婆的攤位前，看見冷冷清清的場景，讓志文和世華的心都涼了一半。

阿滿婆坐在村口那棵大榕樹下，拿著芭蕉扇悠閒的搧風，好像沒有生意一點都不會影響到她的心情一樣。

志文連忙跑過去大喊：「阿滿婆！我們來囉！」

阿滿婆放下扇子，開心的對志文他們揮揮手。

「這麼熱你們還跑來呀！志文作業寫完了沒有？」阿滿婆看起來毫不做作

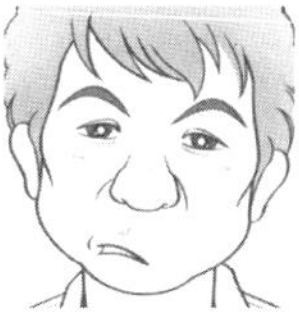

的說。

「寫完了啦！多虧了世華的幫忙。」志文對世華眨了眨眼說。

阿滿婆拍拍世華的背，轉頭和志文說：「你真是交對朋友了！」

志文尷尬的笑了笑。

「對了，阿滿婆！今天生意還不錯吧？」世華假裝不經意的提起。

阿滿婆看出世華的心思，大方的說：「還可以啦！馬馬虎虎，今天賣了五個！」

志文與世華聽了都低下頭來，不知該如何安慰阿滿婆才好。

「哎呀！比昨天好多了啊！昨天才賣三個耶！」阿滿婆故作開心的說。

「我看這樣不行，還得想個辦法來沖沖人氣。」志文提議道。

這時，世華突然衝到街上，不顧形象的大喊：「春滿紅龜粿買一送一唷！要買要快！」

阿滿婆和志文被世華突如其來的舉動給嚇了一大跳，兩人以驚訝的眼神看著四處奔跑吶喊的世華。

「春滿紅龜粿……王志文，你那什麼眼神啊？還不快過來幫忙！」世華催促著志文。

志文看著阿滿婆露出不知道該說什麼的表情說：「那個……我過去幫忙！」

「欸！人家阿滿婆都沒說可以買一送一了，你憑什麼自作主張呀！」志文連忙過去質問世華。

世華正經的說：「你不知道這招多好用，這可是我媽傳授給我的祕訣呢！而且你看，阿滿婆也沒有多說什麼啊！」

志文想了想，發現世華說的也有道理，於是就一起對著街上的路人叫賣起來。

正值傍晚下班時間，路過的村民看見兩個小朋友叫賣的模樣，都覺得他們很可愛。又看到阿滿婆對大家微笑的神情，還有飄出來的陣陣紅龜粿香，終究

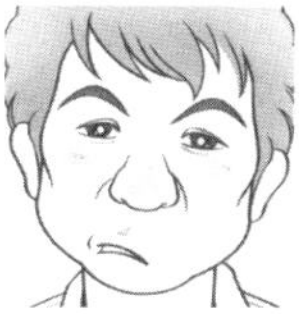

吸引了他們的目光，前來光顧。

這時，有一位小男孩在對街大喊：「婆婆，我要一塊紅龜粿！」

小男孩說完就衝了過來，完全沒有注意到後方的車子。

說時遲，那時快。阿滿婆見狀後立即跑了出去，用雙臂緊緊抱住小男孩大喊：「小心！」

碰！一聲巨響，嚇壞了在場所有村民。阿滿婆和小男孩被撞到路邊的草堆中，眾人看到後立刻跑向前去察看狀況。

阿滿婆的雙臂因為磨擦到馬路，有好幾處傷口，其中有些傷口還在流血，頭撞到路旁的樹幹還腫了個大包。幸運的是在她懷裡的小男孩在阿滿婆的保護下，除了受到很大的驚嚇外，毫髮無傷。

「小弟弟，你沒事吧？」阿滿婆絲毫不關心自己的傷勢，爬起來立即詢問小男孩有無大礙。

「嗚！嗚！我好害怕。」小男孩用力的哭了出來。

「小杰，你有沒有怎樣？」一位年輕的女子跑了過來，從阿滿婆手中接過孩子。

志文認出她是和媽媽一起上烹飪課的一位年輕媽媽，聽說她也是個「大神廚」，聽到哪有好吃的東西都會想要學起來，同時也是個美食愛好者。

「媽媽，我好害怕唷！『噗噗』要撞我！」小男孩一臉驚魂未定的樣子。

「就跟你說不要急，媽媽沒牽你，自己不要亂過馬路。你看！老婆婆為了要保護你都受傷了！」年輕媽媽對小男孩說，接著不好意思的頻頻向阿滿婆致謝。

阿滿婆尷尬的笑了笑：「沒有關係的！孩子沒事就好，下次可要把他看緊一點。」

「阿滿婆，真的很抱歉，讓您傷成這樣！哎呀！您的手還在流血耶！」年輕媽媽緊張的說。

阿滿婆揉揉額頭上的腫包，若無其事的說：「喔！不要緊，我這把老骨頭

可健壯的呢！」

志文和世華小心翼翼的站在阿滿婆兩側，並替她將身上的泥土拍乾淨。

年輕媽媽十分不好意思的對阿滿婆說：「我剛搬到光復村沒多久，今天原本是想要來跟您買紅龜粿，請教一些小祕訣的，沒想到竟然帶給您一個突如其來的大麻煩，真的很不好意思。」

「別這麼說，我們永遠不知道下一秒會發生什麼事！」阿滿婆摸摸小男孩的頭說。

「現在妳先帶孩子回去休息吧！改天再來，我隨時歡迎。」阿滿婆催促著年輕媽媽。

年輕媽媽聽了阿滿婆的話後，又頻頻致歉了好一會兒才帶著孩子離開。

眾人開始圍著阿滿婆，誇讚她的勇敢，並關心她的傷勢。

阿滿婆對大家的關心，顯得不知所措。

反觀志文與世華，其實他們心裡還有點開心發生了這場小意外，讓大家對

阿滿婆的印象可以改觀。

等到人潮逐漸散去後，志文和世華便趕緊幫阿滿婆收拾攤位，並攙著她回家，幫她的傷口消毒上藥。

「阿滿婆，妳把我們嚇死了！」志文對阿滿婆說。

世華也在一旁跟著說：「就那樣衝出去，還好沒發生什麼事。」

阿滿婆皺了皺眉頭說：「瞧你們大驚小怪的，別擔心啦！我沒事，你們趕快先回家吃飯！」

「好啦！阿滿婆要記得冰敷妳的額頭唷！」世華叮嚀著。

「知道了！」

「那我們先走囉！今天要早點睡喔！」志文再次補充。

「是、是、是！」阿滿婆大聲的回應。

自從發生了這個事件後，村民對阿滿婆都感到非常敬佩，認為她十分有勇氣。因此，紅龜粿攤生意一天比一天好，每天來光顧的人絡繹不絕。

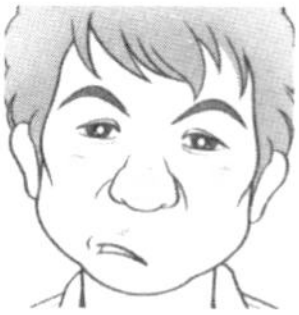

開學的前一天，阿滿婆的攤位依然擠滿了人潮，生意真是好到門庭若市。昨天世華就想出號碼牌的點子，規劃排隊順序。

「不要擠，慢慢來！每個人都有唷！」阿滿婆熱情的招呼著眼前的客人。

「來！二十五號王先生，這是你的三個紅龜粿！謝謝！」志文專業的向客人道謝。每天最多人的時候，幾乎都集中在早上和傍晚，客源大多是家庭主婦和上班族。

志文注意到這幾天阿滿婆的心情特別好，或許是因為發覺自己還能再度面對人群而感到欣慰，也有可能是因為紅龜粿攤的生意越來越好而開心。此外，阿滿婆還穿上了那雙漂亮的紅色繡花鞋，有許多村民都稱讚那是雙美麗的鞋呢！

從前阿滿婆總擔心人們會對她的小腳有異樣的眼光，現在卻能穿上美麗的鞋子不再自卑，也不怕大家注視她的小腳了。

就在人群逐漸散去後，傳來了一個熟悉的聲音。

「生意還不錯嘛！」張鐵木叼著一根煙，從攤位後走出來說。

志文等人全都用錯愕的神情看著張鐵木。

張鐵木將煙丟到地上，熄滅後說：「用不著看到我就像看見鬼似的！」

世華輕聲的喃喃自語：「你也知道自己是鬼！」

「喔！你這個優等生，我的耳朵可是很靈的唷！」張鐵木對世華說。

世華不安的搓了搓雙手。

阿滿婆見狀，立即挺身而出：「有什麼事找我就好，不要為難眼鏡小子！」

張鐵木聽了以後哈哈大笑：「哈哈哈！誰說我要來找碴，我可是來消費的耶！妳這樣對待客人對嗎？」

眾人被張鐵木的態度搞得一頭霧水，不過既然他說要買紅龜粿，那也沒什麼不好的。於是，阿滿婆就從蒸籠裡拿了一個紅龜粿包給張鐵木。

「我太太說的沒錯，妳果然很有一套！」張鐵木對阿滿婆說。

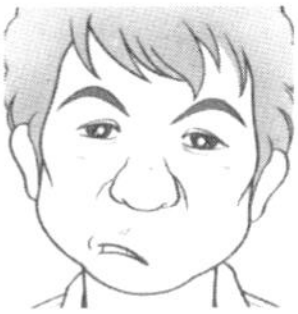

「太太？」志文和世華交換了一個眼色。

「哪裡有一套？」阿滿婆問。

「妳的紅龜粿。」張鐵木聞著手中的紅龜粿回答道。

志文在一旁有如熱鍋上的螞蟻，他好害怕所長等一下會說出什麼要趕阿滿婆走的話。沒想到張鐵木接下來說的話，是完全出乎大家意料之外。

「我在想，能常常有好吃的紅龜粿也不錯！」張鐵木邊吃邊說道。

「你的意思是？」阿滿婆懷疑的問。

張鐵木擦擦嘴巴，說：「想想我們兩個也鬥了好多年了，是該停止了。」

世華驚訝的跳起來說：「所以，所長願意讓阿滿婆繼續在這做生意囉！」

「不願意也得願意，看她生意那麼好，我都眼紅了！」

張鐵木繼續說：「阿滿婆，妳就在這邊好好工作，慢慢存錢還我吧！」說完後，張鐵木便匆忙快步離開了。

「哦……我想他一定是不好意思！」世華說道。

「不過，才幾天的時間，他的態度怎麼會有那麼大的轉變啊？」志文疑惑的說。

「唉唷！你管那麼多做什麼？總之他現在肯讓阿滿婆慢慢賺錢跟他買房子就好了！」世華揮了揮手說。

「我也覺得事情並不單純！」阿滿婆附和著志文的疑慮。

「你們真愛擔心！」世華說。

志文嗤了一聲說：「這不是擔心，是有『求知』的精神。」

「喔……那我的求知精神不會放在這上面！」世華無所謂的說。

阿滿婆假裝無奈的搖頭說：「看來我們的眼鏡小子，又恢復他神經大條的性格囉！」

當天晚上，志文寫信給在美國的爸爸，告訴他上個月發生的點點滴滴，並跟他說，這是自己最特別、最有意義的暑假。

志文心中十分肯定，爸爸絕對會以他所作所為為榮的。

第十五章

圓滿

經過了這個暑假的「洗禮」，志文和世華在這兩個月內，心智都成熟了不少，變得更會替人著想。升上高年級的兩人，也常常幫助其他同學。大家都對兩人和阿滿婆的事情略有所聞，對他們都很佩服，新任級任老師還分派他們當班長與副班長。

「副班長，上課了，請回座位坐好！」世華嚴厲的命令還在走廊上和女同學聊天的志文。

「吼！班長大人對我可真是嚴格！」志文無奈的說。

「當然，可不能因為你是我好朋友而對你寬容！」世華嚴肅的說。

「知道了啦！」志文心不甘情不願的回到座位上。

自從開學了以後，兩人因為課業較繁忙，比較少到阿滿婆的攤子去幫忙；不過只要一有空閒時間，兩人還是會去幫忙叫賣。今天剛好是星期三，高年級生也只有半天的課，因此兩人決定下課後要去找阿滿婆。

兩人走到阿滿婆的攤子前，阿滿婆開心的跟他們打招呼：「哇！你們來

囉！」

「阿滿婆，看到您真好，我快被數學搞昏頭了！」志文抱怨的說。

「阿滿婆您說說他啦！哪有一個副班長是這樣的！」世華也跟著向阿滿婆告狀。阿滿婆看到他們的樣子，不由得笑了出來：「噗哧！」

世華見狀後便問：「嗯？有什麼好笑的！」

「不是好笑，是羨慕你們，能夠簡單的過生活！」阿滿婆說。

「我一點都不覺得數學簡單，它讓我的生活變得如此複雜！」志文搖搖頭說。

「傻孩子！等你們長大後，就會明白我的話囉！」阿滿婆又說了這句老話。

「我覺得我們已經長大了！」世華信誓旦旦的說。

阿滿婆笑呵呵的說：「好啦！不說這個了！肚子餓不餓？要不要吃我新研發出來的草仔粿？」於是，兩人就坐到大樹下，大快朵頤了起來。

正當他們吃得正高興時，突然看到了一個令他們震驚的畫面。張鐵木所長與一位年輕的女子一起走到他們面前，而這位女子竟然是上次那位受傷小男孩的媽媽。志文想起前幾天媽媽說過，這位年輕媽媽好像要結婚了，所以有一陣子沒到烹飪班去，難不成她是要嫁給所長嗎？

「阿滿婆妳好！」年輕女子愉快的向阿滿婆問好。在一旁的張鐵木，也跟著點點頭，然後便說：「跟你們介紹，這位是我的未婚妻許曼麗。」

此時志文終於明白，為什麼張鐵木對阿滿婆的態度會有如此大的轉變。原來阿滿婆在無意間救了許曼麗的孩子，而這個孩子，現在也即將成為張鐵木的兒子，所長肯定沒想到會發生這樣的事。

許曼麗微笑著對大家說：「阿滿婆上次幫助了我們家小杰，我和鐵木都十分感激！要不是阿滿婆，小杰也許就不在這個世界上了。」

「鐵木說，會好好照顧我和孩子，所以我就決定嫁給他了！我前夫過世也已經三年了，我和鐵木的孩子都還小，需要爸爸媽媽的照顧，因此我們決定共

組家庭，給我們和兩個小孩一個幸福的機會！」

「原來雙方都是再婚啊！不過所長和這位許小姐看起來相差至少有八歲，果然身高不是距離、年齡不是問題。」世華在心中暗自想著。

許曼麗接著說：「阿滿婆，您是我們家的恩人！況且，我也很喜歡您做的紅龜粿，料多又實在！今天我們來，就是想要買幾個妳新上市的草仔粿回去吃吃看！阿滿婆，別忘了有空要請我去妳家學妳的好手藝唷！」

阿滿婆回過神來，連忙說：「當然、當然，沒有問題！」然後，阿滿婆便從蒸籠裡拿出兩個剛蒸好的草仔粿，包好拿給張鐵木。

張鐵木接過草仔粿後便說：「我們的婚禮將在下個月舉行，到時候歡迎大家來參加！」說完，張鐵木就溫柔的牽起未婚妻的手，高高興興的回家了。

等到他們走遠後，三人互相對看了一眼，便異口同聲的說：「我就知道事情絕對沒有想像中那麼單純！」

「也太剛好了吧！那個小男孩竟然是所長未來的小孩。」志文驚訝的說。

「總之，現在這樣也是個好結果啦！」世華說。

「我想，所長有那位美麗的太太『控管』後，他的火爆脾氣應該會慢慢改善的！阿滿婆，您可以放心了！」志文開心的對阿滿婆說。

「是呀！」阿滿婆也掩不住愉悅的心情，一邊整理攤位、一邊哼著歌。

「果然是世事難預料啊！」世華不禁唏噓的說。

「我得趕快回去告訴我媽媽這個消息，叫她打電話跟我爸說，說不定我爸會回來參加所長的婚禮呢！」說完，志文就快速的跑回家。阿滿婆指著志文的背影說：「你看這孩子，提到自己的父親就跑了，連聲再見都不說！」

世華開玩笑的對阿滿婆說：「您不知道我都已經看開了嗎？」說完，兩人便哈哈大笑。傍晚，世華便幫忙阿滿婆一同推著流動攤車回家，他無意間低下頭看見阿滿婆腳上那雙紅色的繡花鞋，心裡有種說不出來的愉快心情。

這天，志文與世華難得和阿滿婆一起到祕密基地聊天。

「我們等這天等好久了耶！」志文對阿滿婆說。世華在一旁跟著說：「對

啊！好不容易等到一個比較空閒的星期日，可以到這邊來消磨時間！」

「從眼鏡小子的嘴巴裡聽到『消磨時間』四個字，真令人感到不習慣！」阿滿婆說得很認真，志文則在旁邊用力的點點頭。

「你們兩個都這樣啦！只會欺負我。」世華假裝無辜的說。

阿滿婆看著兩個孩子的模樣，由衷的感到溫暖，如果不是他們，現在的她就算不用離開光復村，也還是孤零零的一個人。想到這裡，她不由得眼眶泛紅。

「欸……阿滿婆，妳怎麼了？」志文擔心的問。

阿滿婆連忙轉過頭說：「風太大，沙子跑進眼睛裡啦！」

於是，阿滿婆立刻轉移話題說：「話說，冬天已經快到了！你們兩個小鬼是不是應該來幫我洗洗我的裹腳布？」

「啊？前陣子妳不是洗很多預備了嗎？」世華膽怯的問。

「哈！瞧你嚇成這樣子！是洗很多了沒錯，不過為了滿足我想天天泡腳的願望，應該再多準備一些才對！」阿滿婆說。

「對呀！廖世華，你這個模範生，人家阿滿婆都主動提起了，你可要好好幫忙她唷！」志文故意說道。

「我……我當然會啊！不然會有損我的名譽，不過副班長還是得和班長一塊『出勤』！」世華用調侃的語氣回答志文。

「誰怕誰！」

「好了啦！你們兩個可以一整天都不要鬥嘴嗎？」阿滿婆無奈的說。

兩人回過頭對阿滿婆說：「沒辦法！」說完後，他們就繼續吵下去。

阿滿婆只好獨自走到窗戶旁，深呼吸看看風景。

如今，景色依舊，但身旁的人事物都變了，她想起從前的回憶，和現在踏實的生活，這樣強烈的對比，還真是鮮明。

「阿滿婆，我們決定了！」志文跑過來說。

「廖世華他一三五，我二四六，輪流到妳家幫妳洗裹腳布！」

「噗！我開玩笑的，你們何必那麼認真！」阿滿婆不好意思的說。

「哎呀！阿滿婆，這是我們該做的。對吧！王志文！」世華說。

「既然你們那麼有心，那我也只好『恭敬不如從命』囉！」阿滿婆裝腔作勢的說著。

「那有什麼問題，老夫人！」兩人回答。

「你們的花樣真是越來越多了！」阿滿婆感到又好氣又好笑。

一切幾近完美。光復村又恢復了以往和樂融融的氛圍。村子裡最古怪、面貌最嚇人的阿滿婆也融入了人群，她的一生、她的知識、她的紅龜粿，感動著每一位光復村民。冬天到來，阿滿婆坐在庭院裡看著夕陽的餘暉，泡著那雙已經變形的小腳，舒服的神情全都寫在臉上。看著自己的腳，阿滿婆有著五味雜陳的心情，不過現在這些對她來說都不重要了。

重要的是，她已經有一個全新的生活和全新的自己。

光陰的故事系列：09

隔壁家的小腳阿嬤

作　者◇林羽穗
出版者◇培育文化事業有限公司
執行編輯◇禹金華
社　址◇22103　新北市汐止區大同路三段一九四號九樓之一
TEL　（〇二）八六四七一三六六三
FAX　（〇二）八六四七一三六六〇
總經銷◇永續圖書有限公司
劃撥帳號◇18669219
地　址◇22103　新北市汐止區大同路三段一九四號九樓之一
TEL　（〇二）八六四七一三六六三
FAX　（〇二）八六四七一三六六〇
E-mail　yungjiuh@ms45.hinet.net
網　址　www.foreverbooks.com.tw
法律顧問◇中天國際法律事務所　涂成樞律師　周金成律師
出版日◇二〇一一年十一月

國家圖書館出版品預行編目資料

隔壁家的小腳阿嬤／林羽穗 著 -- 初版. --
新北市：培育文化，民100.11
面：　公分. --（光陰的故事系列：9）
ISBN 978-986-6439-64-3（平裝）
859.6　　100019237

培育文化讀者回函卡

謝謝您購買這本書。

為加強對讀者的服務，請您詳細填寫本卡，寄回培育文化；並請務必留下您的E-mail帳號，我們會主動將最近"好康"的促銷活動告訴您，保證值回票價。

書　　名：**隔壁家的小腳阿嬤**

購買書店：＿＿＿＿＿市／縣＿＿＿＿＿＿＿書店

姓　　名：＿＿＿＿＿＿＿＿＿＿生　　日：＿＿年＿＿月＿＿日

身分證字號：＿＿＿＿＿＿＿＿＿＿＿＿＿＿＿＿＿

電　　話：(私)＿＿＿＿＿(公)＿＿＿＿＿(手機)＿＿＿＿＿

地　　址：□□□－□□

　　　　：＿＿＿＿＿＿＿＿＿＿＿＿＿＿＿＿＿＿＿

E-mail：＿＿＿＿＿＿＿＿＿＿＿＿＿＿＿＿＿＿＿

年　　齡：□20歲以下　□21歲～30歲　□31歲～40歲
□41歲～50歲　□51歲以上

性　　別：□男　□女　婚姻：□單身　□已婚

職　　業：□學生　□大眾傳播　□自由業　□資訊業
□金融業　□銷售業　□服務業　□教職
□軍警　□製造業　□公職　□其他＿＿＿＿＿

教育程度：□高中以下(含高中)　□大專　□研究所以上

職位別：□負責人　□高階主管　□中級主管
□一般職員　□專業人員

職務別：□管理　□行銷　□創意　□人事、行政
□財務　□法務　□生產　□工程　□其他＿＿＿＿

您從何得知本書消息？

□逛書店　□報紙廣告　□親友介紹
□出版書訊　□廣告信函　□廣播節目
□電視節目　□銷售人員推薦
□其他＿＿＿＿＿＿＿＿＿＿＿＿＿＿＿＿

您通常以何種方式購書？

□逛書店　□劃撥郵購　□電話訂購　□傳真　□信用卡
□團體訂購　□網路書店　□其他

看完本書後，您喜歡本書的理由？

□內容符合期待　□文筆流暢　□具實用性　□插圖生動
□版面、字體安排適當　□內容充實
□其他＿＿＿＿＿＿＿＿＿＿＿＿＿＿＿＿

看完本書後，您不喜歡本書的理由？

□內容不符合期待　□文筆欠佳　□內容平平
□版面、圖片、字體不適合閱讀　□觀念保守
□其他

您的建議：＿＿＿＿＿＿＿＿＿＿＿＿＿＿＿＿＿＿＿

剪下後請寄回「22103新北市汐止區大同路3段194號9樓之1培育文化收」

請用膠帶黏貼

廣告回信
基隆郵局登記證
基隆廣字第200132號

221-03

新北市汐止區大同路三段194號9樓之1

培育文化事業有限公司

編輯部　收

請沿此虛線對折免貼郵票，以膠帶黏貼後寄回，謝謝！